www.ingramcontent.com/pod-product-compliance
Lightning Source LLC
LaVergne TN
LVHW050819051026
849532LV00008B/3028
* 9 7 8 9 3 6 9 0 8 4 6 9 2 *

پہلا گناہ

(افسانے)

توصیف چغتائی

Pahla Gunaah *(Short Stories)*

by: Tauseef Chughtai

Edition: January '2025

Publisher :

Taemeer Publications LLC (Michigan, USA / Hyderabad, India)

ISBN 978-93-6908-469-2

کتاب : **پہلا گناہ** (افسانے)

مصنف : **توصیف چغتائی**

صنف : فکشن

ناشر : تعمیر پبلی کیشنز (حیدرآباد، انڈیا)

سالِ اشاعت : ۲۰۲۵ء

صفحات : ۶۰

سرورق ڈیزائن : تعمیر ویب ڈیزائن

فہرست

نام :۔ توصیف چغتائی

پیدائش :۔ علی گڑھ (یو پی) ہندوستان

جہاں تعلیم حاصل کی :۔ مسلم یونیورسٹی علی گڑھ، سندھ یونیورسٹی

پیشہ :۔ ملازمت

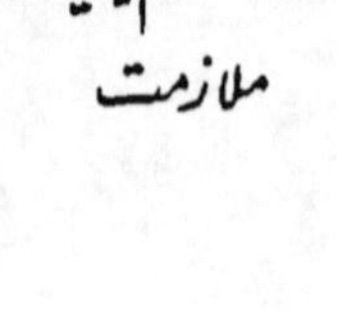

سرِ لفظ

یہ ۱۹۵۹ء کے کسی مہینے کی بات ہے۔آسمان کی نیلگوں وسعتوں پر پورا چاند دہک رہا تھا اور میں اس دن بے انتہا بے چین تھا۔نیند کوسوں دور تھی۔اچانک انکشاف ہوا کہ لفظ میرے چاروں طرف شور مچانے لگے۔لفظوں کے اس شور نے میرے ذہن میں ہل چل مچا دی۔پھر میں آنکھیں ملتا ہوا اٹھا اور لفظوں سے دوستی کر لی۔

لفظ جو انسانیت کا شرف ہیں۔سچے اور زندہ لفظ جو زندگی کی سچائی کے سفر کا اشاریہ ہیں۔وہی لفظ میرے دوست، میرے ہمدم، میرے غمگسار بن گئے۔

۱۹۵۹ سے کر اب تک میں نے بہت کچھ لکھا۔جب میں لکھنے میں بیٹھتا ہوں تو یہی لفظ میرے خون میں شامل ہو کر سیاہی کا روپ دھار لیتے ہیں۔انسانوں کے دکھ درد محسوس کرتے ہوئے یہی لفظ آنسو بن کر میری آنکھوں میں امڈ آتے ہیں۔پھر یہی لفظ میرے ذہن کے دریچوں میں ہل چل مچا دیتے ہیں۔

لفظ ہنساتے بھی ہیں، لفظ رلاتے بھی ہیں، لفظ دکھ بھی دیتے ہیں اور خوشیاں بھی عطا کرتے ہیں۔——— لفظ میرا اثاثہ ہیں، لفظ میرا سہارا ہیں۔یہی لفظ خدا سے مجھے ملاتے ہیں اور بندگی کا احساس دلاتے ہیں کٹھن وقت میں یہی لفظ میرے لیے پل صراط بھی بن جاتے ہیں۔

لفظ جو زندگی کی سچائی ہیں، قدرت کا حسن ہیں۔یہی لفظ میرے دوست ہیں۔ان ہی لفظوں کی دوستی نے مجھے قلمکار بنا دیا اور میں نے اب تک جو کچھ لکھا اگر اسے ایک جگہ ایک کہانی کا روپ دے دیا جائے تو وہ میری آٹو گرافی بن جائے۔

میں جو کچھ لکھتا ہوں سچ لکھتا ہوں ۔ ذاتی زندگی میں بھی میری یہی کوشش رہتی ہے کہ سچ بولا جائے۔ سچ لکھنا اور سچ بولنا بڑی اذیت ناک بات ہے کیونکہ اس منافق معاشرے میں آدمی سچ بول کر اپنی راہوں میں کانٹے بوتا ہے اور اس کا سراپا لہولہان ہو جاتا ہے ۔ جھوٹا آدمی مکار اور کمینہ ہونے کے ساتھ ساتھ بزدل بھی ہوتا ہے اور خدا کا کرم ہے کہ میں بزدل ہوں نہ کمینہ۔

لفظوں نے مجھے جہاد کرنا سکھا دیا ہے۔ زندگی کی سچائیوں کے لیے۔ دکھی انسانیت کے لیے اور ان کے لیے جو میرے اپنے ہیں ۔

توصیف چغتائی

"۔۔۔۔۔ کچھ لوگ زندگی میں دل سے جتنے قریب ہوتے ہیں کبھی وہ اچانک اتنے اجنبی بن جاتے ہیں کہ زندگی ایک المیہ بن جاتی ہے۔ ایک ایسی ہی لڑکی کا فسانہ جو دولت کے سنہری جال میں پھنس کر تمام رشتوں کو بھلا بیٹھی، اور ایک دن ۔۔۔۔۔ اوہ خداوندا ۔۔۔۔۔"

اجنبی لڑکی

اور خداوند نے کہا، "مجھے اپنے بندوں پر دوبارہ ہنسی آتی ہے۔ ایک بار اس وقت جب میں جسے بگاڑنے پر تلا ہوا ہوں، وہ اپنے آپ کو بنانے کی کوشش میں مصروف ہو، اور دوسری بار اس وقت جسے میں بنانا چاہوں، لیکن وہ اپنے آپ کو تباہ کرنے پر آمادہ ہو۔"

سورج غروب ہونے کو تھا اور مغربی کنارے پر آسمان پر شفق کی لالی پھول رہی تھی۔ اس نے کھڑکی سے پردہ اٹھا کر ڈوبتے ہوئے سورج اور پھولی ہوئی شفق کو دیکھا۔ اسے یوں محسوس ہوا جیسے سورج کو رات کے دیوتا نے اپنی خوابگاہ میں قتل کر دیا ہو اور سورج کے جسم کا سارا خون بکھر کر آسمان پر پھیل کر جم گیا ہو، "قتل، قتل، قتل۔!!" وہ چیخنے لگا۔ اس کی آواز سن کر امی اس کے کمرے میں گھبرائی ہوئی آئیں اور انہوں نے اسے دیکھ کر ایک ٹھنڈی آہ بھری ـــــ "یا خدا! اپنا رحم کر اس جوانی میں یہ حادثہ!"

بچاری امی اس کے قریب جا کر اسے زبردستی گھسیٹ کر ڈرائنگ روم میں لے گئیں، "بیٹا اپنے آپ کو سنبھالنے کی کوشش کرو۔" وہ دکھی ہو کر بولیں۔ ان کی آنکھوں میں ماتا کے آنسو تھے اور چہرے پر غم کی جھلک۔ اس نے جیسے سنا ہی نہیں۔ وہ وہاں سے اٹھ کر اپنی لائبریری میں آبیٹھا اور ایک رسالہ پڑھنے میں مصروف ہو گیا۔ پڑھتے پڑھتے اچانک وہ قہقہے لگانے لگا، "ہمارے

ایک چچا ہیں چھٹن لعل پینسٹھ سال کے ہو گئے پھر بھی وہ چھٹن لعل ہی کہلاتے ہیں!"

وہ ہنستے ہنستے بے حال ہو گیا۔ اس کی ہنسی کا ہر یا دوسرے کمرے میں پہنچا تو امی پھر ہاؤس گاؤن سنبھالتی ہوئی لائبریری میں چلی آئیں "بیٹا کیوں ہنس رہے ہو؟"

"امی۔ وہ۔ وہ۔" وہ پھر قہقہے لگانے لگا۔ اور امی گھبرا کر قرآن کریم کی آیت پڑھ پڑھ کر اس پر دم کرنے لگیں۔ دم کرنے سے بھی اس کے قہقہے نہ رک سکے تو امی دوسرے کمرے میں گئیں اور ڈاکٹر کو فون کر کے الٹے پاؤں اس کے پاس چلی آئیں۔ اس نے امی کو غور سے دیکھا اور سوچا۔ "کیا وقت کے ساتھ ساتھ انسان یوں ہی اپنے حواس کھو دیتا ہے؟"

چند لمحوں بعد ڈاکٹر کمرے میں چلا آیا، "ہلو! سلیم گڈ بوائے!"

اس نے ڈاکٹر کی طرف غور سے دیکھا اور سوچا یہ شخص بھلا کون ہو سکتا ہے، شکل تو کچھ مانوس سی دکھائی دیتی ہے۔ "میں آپ کی کیا خدمت کر سکتا ہوں؟" اس نے ڈاکٹر سے پوچھا۔ ڈاکٹر نے بغیر جواب دیے اس کا معائنہ کیا، "آپ بہت زیادہ سوچتے ہیں بہتر ہے شادی کر لیں۔" ڈاکٹر نے اسے مشورہ دیا۔

اس نے اچانک ڈاکٹر کی طرف غور سے دیکھا اور سوچا، "یہ شخص کتنا بے وقوف ہے۔ اسے یہ بھی معلوم نہیں کہ میری شادی ہو چکی ہے اور میں چھ عدد بچوں کا باپ ہوں!"

"میں آپ کو اپنے بچوں سے ملاتا ہوں۔" وہ ڈاکٹر کو شرمندہ کرنے کی غرض سے بک شیلف کی طرف بڑھا، اپنی تصنیف کردہ چھ کتابوں کو ڈاکٹر کی گود میں ڈال کر بولا، "ان سے ملیے یہ میرے بچے ہیں!" ڈاکٹر گھبرا گیا۔

"میں جانتا ہوں آپ مشہور ادیب ہیں۔" پھر ڈاکٹر نے آہستہ سے امی سے کہا، "کیس سیریس ہے اسپتال میں داخل کر دیں۔" اور فیس لے کر چلتا بنا۔ وہ

ڈاکٹر کو دیکھتا رہ گیا، "کیسے بدذوق انسانوں سے پالا پڑا ہے" وہ منمنایا اور اپنی کتابوں کی جلدوں پر بڑے پیار سے ہاتھ پھیرنے لگا۔ پھر اس نے ایک ایک کر کے ان کے ورق الٹنے شروع کر دیے!

پہلی کتاب کا انتساب نینا کے نام تھا، دوسری کتاب اداس لمحوں سے منسوب تھی، تیسری، چوتھی ۔ اور یہ نینا کون تھی؟ اس نے ذہن پر زور ڈالتے ہوئے سوچا "نینا!" اسے کچھ یاد آیا نینا اس کی چچازاد بہن تھی۔ جو بہت حسین اور بہت ہی خوش اخلاق تھی۔ اس نے گھبرا کر سوچا، "مگر نینا کہاں کھو گئی۔؟ کیا وہ خود بھی اس کا گھر بھول گیا۔؟" نینا۔ نینا کہاں کھو گئی۔؟ اس کا ذہن پھٹنے لگا اور وہ پھوٹ پھوٹ کر رونے لگا۔ امی گھر نہیں ملتا۔ گھر نہ جانے کہاں کھو گیا؟ گھر کیوں نہیں ملتا؟ امی۔" اور روتے روتے وہ بے دم ہو گیا۔

(زندگی کا پہلا ورق) وہ بہاروں کے دن تھے، نینا اس کے ساتھ ساتھ جوتھی۔ ان دنوں رومانس پرور موسیقی اسے بے انتہا اچھی لگتی تھی نینا کو وہ جب بھی دیکھتا تو اسے یوں محسوس ہوتا جیسے نینا شفق کے جھولے پر جھولتی ہوئی اس کے قریب آگئی ہو۔ اسے دیکھ کر ہمیشہ اسے یہ احساس ہوتا جیسے وہ شہزادہ سلیم ہے اور نینا انارکلی! لیکن لیکن۔ انارکلی تو روایت کے مطابق محبت کے جرم میں دیوار تلے چنوادی گئی تھی۔ تو۔ تو کیا یہ انارکلی کی واپسی تھی۔؟

(زندگی کا دوسرا ورق)۔ وہ اکثر لاہور سے حیدرآباد آتا تو اس کا دل خوشی سے جھوم جھوم اٹھتا۔ راستے بھر وہ نینا کے تصور میں ڈوبا رہتا۔ اس نے نینا کا ایک حسین سا اسکیچ اپنے ذہن میں سجا رکھا تھا اور وہ خاکہ گوشت پوست سے بنی ہوئی نینا سے بھی بے انتہا حسین تھا، نینا ہر لمحہ اس کے ذہن

پرچھائی رہتی (وہ لمحے کتنے جاوداں تھے)؟ حیدرآباد آکر وہ نت نئی شرارتیں کرتا اور سارے لوگوں کو خوب ہنساتا۔ تمام لوگ اس کی خوش مزاجی کے قائل تھے۔ نینا اس کی شخصیت سے متاثر تھی۔ نئے نئے پروگرام بنتے کبھی کیرم کھیلا جاتا، کبھی سیر سپاٹے ہوتے اور کبھی کسی مضمون پر تنقید تبصرے کیے جاتے پھر وہ اداس اداس اپنے گھر لوٹ جاتا۔

کمپٹیشن کے امتحان میں جب وہ پہلی بار فیل ہوا تو اس کے خواب اچانک زخمی ہو گئے۔ یہ اس کی زندگی کا سب سے سنہرا چانس تھا اور وہ اس چانس کو قسمت کے ہاتھوں کھو چکا تھا، کیونکہ عمر کا وہ لمحہ آخری تھا جس کے بل بوتے لوگ سی۔ ایس۔ پی۔ افسر بن جاتے ہیں۔ اس بات کا دکھ سارے خاندان کو ہوا اور لوگ اس سے کترانے لگے۔ پھر دیکھتے ہی دیکھتے خاندان کا وہ ذہین لڑکا اپنے آپ کو انسانوں میں الجھا بیٹھا۔ اور جب وہ حیدرآباد آیا تو نینا کے گھر کے سارے لوگ اس سے نہ جانے کیوں ڈرے ڈرے سہمے سہمے سے تھے۔ ایک دن اس کا تعارف گھر آئے ہوئے مہمانوں سے کرایا گیا، "یہ ہمارے خاندان کا بہت ذہین لڑکا تھا، لیکن اسے افسانہ نگاری نے تباہ کر دیا۔" اس نے اس لمحہ بہت دکھ سے اپنی چچی کی طرف دیکھا اور اس لمحہ اس کا دل چاہا وہ یہاں سے فوراً بھاگ جائے۔ اور اس رات وہ دیوانوں کی طرح ساری رات سڑکوں پر مارا مارا پھرتا رہا اور صبح کی پہلی گاڑی سے اپنے گھر لوٹ گیا۔ زندگی نے اس سے رخ موڑ لیا تھا۔ خوشیاں روٹھ گئی تھیں۔ اور وہ جیسے ازل سے تنہا اپنے ارمانوں کی نعش کو اپنے کاندھوں پر اٹھائے اپنے آپ کو ڈھونڈتا پھر رہا تھا اور چند دنوں بعد نینا کی شادی کا دعوت نامہ اس کی امی کے نام ملا۔

(زندگی کا تیسرا ورق، نینا کی شادی کا دعوت نامہ دیکھ کر وہ چاہتے

ہوئے بھی نہ رو سکا۔ امّی نے گہری نظروں سے اسے دیکھا ۔ لیکن ۔

گھر مہمانوں سے بھرا تھا۔ (زندگی کا آخری ورق) نینا اپنے کمرے میں دلہن بنی بیٹھی تھی، بچے شور و غل مچا رہے تھے اور وہ لوگوں کے ساتھ گھر میں شادی کی تیاریوں میں مصروف تھا۔ خاندان والے اسے اس طرح دیکھ رہے تھے جیسے وہ پاگل ہو یا عادی مجرم!

اور جب نینا رخصت ہونے لگی تو اس کا دل چاہا وہ اسے روک لے اور اس سے کہے، "نینا تم مجھے چھوڑ کر نہ جاؤ۔ تم نے مجھ سے وعدہ کیا تھا۔ میں تمھارے بغیر بھلا کس طرح جی سکوں گا۔" مگر ۔مگر نینا چلی گئی۔ (کامیاب ایکٹرس لڑکی) ۔ اور وہ گھر کے دروازے پر دیوانوں کی طرح کھڑا سوچتا رہا۔ سوچتا رہا پھر وہ بے خیالی میں ہنس پڑا (یہ ہنسی کیسی تھی؟) یہ ۔ یہ لڑکی جو ابھی ابھی دلہن بن کر گئی ہے ۔ وہ کون تھی؟ نینا۔؟ نہیں نہیں۔ وہ نینا نہیں تھی۔ وہ تو کوئی اجنبی لڑکی تھی۔ نینا نے تو عہد و پیمان کیا تھا، عمر بھر کی رفاقت کی قسم کھائی تھی ۔ وہ کوئی اجنبی ہی لڑکی تھی۔ میں جسے نہیں جانتا۔!

گھر کے سارے لوگ نینا کی رخصتی پر آنسو بہا رہے تھے، اچانک اس پر امّی کی نظر جا پڑی "سلیم! تم کھڑے کیوں ہو آؤ بیٹھ جاؤ۔"

"ہوں" وہ چونکا۔ پھر اس نے ڈوبتے ہوئے دل سے تمام مہمان لڑکیوں میں نینا کو تلاش کرنا چاہا، لیکن نینا وہاں نہ تھی۔ "تو کیا واقعی نینا مجھے چھوڑ کر چلی گئی؟ وہ گھبرا کر جیسے خود سے بولا، "مجھے ۔مجھے جانا چاہیے۔"

"کہاں جا رہے ہو۔؟" مہمان رشتہ دار خاتون نے اس سے پوچھا۔ مجھے گھر تلاش کرنا ہے" ۔ یہ کہہ کر وہ گھر سے نکل بھاگا۔ امّی نے اسے روکنا چاہا

لیکن وہ بضد رہا اور ساری رات آوارہ سڑک پر گھومتا رہا اور صبح تک لوگوں نے اسے جانے کہاں کہاں تلاش کیا ۔ آخر کار انہوں نے اسے سڑک پر بے حال گھومتے ہوئے پا ہی لیا ۔ "تسلیم! تم کہاں گھوم رہے ہو؟ تمہاری امی تمہاری منتظر ہیں"۔ ایک نے اس سے کہا۔

"میں اپنی تلاش میں سرگرداں ہوں، تم لوگ کون ہو۔؟" اس نے ان سے پوچھا۔

پھر ان لوگوں نے اسے زبردستی دبوچ لیا اور گھر لے آئے اور اس دن امی اسے اپنے ساتھ لے کر لاہور چلی گئیں۔ خاندان بھر میں طرح طرح کی باتیں اس سے منسوب ہو گئیں ۔ اکثر خاندان کے لوگ اس کا ذکر کرتے اور افسوس کرتے ۔ پھر ایک عرصہ گزر گیا ۔ (وقت کو بھلا کس نے گرفت کیا ہے؟)

ایک دن اسے امی نے بتایا، "نینا اپنے شوہر اور بچے سمیت آ رہی ہے"۔ اس نے اپنے ذہن پر زور ڈالا اور سوچا ۔"نینا آ رہی ہے؟ ۔ مگر یہ کیا مذاق ہے اس کا شوہر اور بچہ بھی؟ تو کیا کوئی اور دوسری لڑکی اس کے گھر آ رہی ہے؟ لیکن بھلا یہ کیسے ہو سکتا ہے ۔؟ ۔" اور اسی دن جب وہ سڑکوں پر آوارہ گردی کرتے کرتے گھر پہنچا ۔ تو اس کے گھر مہمان موجود تھے ۔ ایک صحتمند لڑکی شوخ ساڑی پہنے ایک خوبصورت سے بچے کو گود میں لیے بیٹھی اس کی امی سے اس کے بارے میں باتیں کر رہی تھی ۔ امی اسے دیکھ کر خوش ہو کر بولیں "سلیم بیٹا! دیکھو کون آیا ہے ۔ نینا اور اس کا بچہ اور تمہارے بہنوئی"۔ اس نے ایک لمحہ بیٹھی ہوئی لڑکی کی طرف دیکھا اور پھر غصّہ سے بولا " امیّ! آپ بھی حد کرتی ہیں یہ لڑکی نینا کہاں ہے؟ جیسے میں نینا کو جانتا ہی نہیں؟"۔ یہ کہہ کر وہ اپنے کمرے میں گھس گیا اور نینا بے ساختہ رو پڑی!

لیکن - لیکن وہ برابر سوچے جارہا تھا - یہ لڑکی بھلا نینا کب ہوسکتی ہے؟ نینا تو بہت دبلی پتلی نازک سی خوبصورت لڑکی تھی - اس نے پھر پردہ ہٹا کر کمرے میں جھانکا -

کیا وہ سچ مچ وہی ہے؟، مگر نہیں وہ نینا نہیں، وہ تو کوئی اجنبی لڑکی ہے جسے میں نہیں جانتا اور امّی بھی حد کرتی ہیں - اس نے بک شیلف سے کتاب اٹھائی اور پڑھنے لگا -" خداوند کہتا ہے مجھے دو بار اپنے بندوں پر ہنسی آتی ہے - ایک بار اس وقت میں جسے بگاڑنے پر تلا ہوا ہوں اور وہ اپنے آپ کو بنانے کی کوشش میں معروف ہو، اور دوسری بار اس وقت جب میں جسے بنانا چاہتا ہوں، لیکن وہ اپنے آپ کو تباہ کرنے پر آمادہ ہو -"

"ایک ایسے جرنلسٹ کا قصہ جو زندگی کی بازی
جیت کر بھی اپنا سب کچھ ہار چکا تھا۔ پھر
تیس سال بعد حالات اسے وہاں لے گئے جہاں
اس کی اپنی نعش ایک تنہا ویران کمرے میں
جھول رہی تھی۔ ہاں! وہ اس کی اپنی ہی نعش
تھی۔"

اپنی نعش

وہ ایک خزاں رسیدہ شام تھی۔ پیڑ ننگے ساکت و جامد کھڑے تھے، کبھی کبھی ہوا کا آنچل لہراتا اور سوکھے پتوں میں کھڑکھڑاہٹ پیدا ہو جاتی۔ زرد سورج شام کے دھندلکے میں تحلیل ہو رہا تھا۔

جب میں ریسٹ ہاؤس پہنچا تو وہاں کا بوڑھا ملازم سوکھے پیڑ تلے حقہ گڑگڑا رہا تھا۔ مجھے دیکھتے ہی وہ کپڑے جھاڑ کر کھڑا ہو گیا اور کھانستا ہوا بولا "میں آپ ہی کا منتظر تھا۔ خان بہادر صاحب کا خط مجھے مل گیا تھا۔" یہ کہہ کر اس نے میرا سوٹ کیس اپنے ہاتھوں میں تھام لیا اور مجھے نہانے کی ہدایت دے کر خود میرے لیے چائے بنانے چلا گیا۔

ریسٹ ہاؤس میں ہر چیز قرینے سے سجی ہوئی تھی اور خان بہادر صاحب کی شخصیت کی طرح شائستہ اور شگفتہ تھی، خان بہادر صاحب اس گاؤں کے زمیندار تھے اور یہ ریسٹ ہاؤس ان کے باپ دادا کی ملکیت تھا۔

ان دنوں میں شہر کے ہنگاموں سے بے حد اکتایا ہوا تھا اور خان بہادر صاحب کے مشورے پر کچھ دن کے لیے یہاں سکون کی تلاش میں چلا آیا تھا۔ اور یہاں واقعی سکون تھا۔ ایسا معلوم ہوتا تھا جیسے بھاگتی دوڑتی زندگی اچانک رک گئی ہو اور وقت کی باگیں کسی نے اچانک کھینچ لی ہوں۔

جب میں نہا دھو کر کرسی پر سکون سے بیٹھا سوچ رہا تھا، اچانک بوڑھا

ملازم چائے اور پھل لیے چلا آیا۔ اس کی آمد مجھے ناگوار گزری، کیونکہ میری سوچ کا دھاگہ ٹوٹ گیا۔ سوچنا مجھے بے انتہا پسند ہے۔ تنہائی اور سوچ میں ایک گہرا رشتہ ہے اور تنہا بیٹھ کر سوچنا، حسین خواب دیکھنا، میں زندگی کا سب سے بڑا عیش تصور کرتا ہوں پتہ نہیں اس لمحہ میں جانے کیا سوچ رہا تھا، یہ بھی ایک دلچسپ بات ہے کہ مجھے خود بھی پتہ نہیں کہ میں کیا سوچتا ہوں۔ بہرحال بوڑھے ملازم کی طرف دیکھ کر میں مسکرایا' دراصل میں اسے یہ تاثر دینا چاہتا تھا کہ اس کی آمد سے ناراض نہیں بلکہ خوش ہوا ہوں۔ یہ بھی شہری زندگی کا دیا ہوا اصول ہے۔ دل رونا چاہے مگر کھوکھلے قہقہے لگاؤ۔ کس سے نفرت کرتے ہو۔ اور اگر وہ اچانک سامنے آجائے تو زبردستی اپنے چہرے پر مسکراہٹ لاکر اس کا استقبال کرو اور یہ ظاہر کرو کہ اس سے مل کر واقعی بہت خوشی ہوئی۔ یہ شاید اس صدی کا سب سے بڑا المیہ ہے کہ شہروں نے ہم سے ہماری مسکراہٹ، ہماری صحت، ہماری محبت اور ہمارے تمام رشتوں اور خلوص تک کو ہم سے جدا کر دیا ہے۔ کبھی کبھی میرا دل چاہتا ہے کہ تمام شہروں کو آگ لگا دوں اور پھر ایک بار ہم سب اپنے روایتی انداز سے جنگلوں میں جا بسیں اور محبت بھری پرسکون زندگی گزاریں اور قدرتی حسین نظاروں سے محظوظ ہوں جہاں ہر طرف محبت ہی محبت ہو، کیونکہ نفرت انسان کی سب سے بڑی کمینگی، سب سے بڑی کمزوری اور سب سے اوچھا ہتھیار ہے۔

سوچتے سوچتے میں نے چائے پی، تھوڑے سے پھل کھائے اور سگریٹ جلا کر بوڑھے ملازم سے پوچھا "کیا تم یہاں تنہا ہی رہتے ہو؟" اس نے میری جانب اس طرح دیکھا جیسے میں نے اس کی کسی دکھتی ہوئی رگ پر ہاتھ رکھ دیا

ہو۔ وہ بڑی معصومیت سے بولا ، ''ہاں بابو جی! مگر آپ فکر نہ کریں یہاں کوئی خطرہ نہیں۔''

خطرے والی بات پر میرا دل چاہا کہ میں زور سے ہنسوں مگر میں خاموش ہی رہا اور سوچنے لگا کہ اس سے کہوں ''بابا! دنیا کا ہر فرد تنہا ہے یہاں کوئی کسی کا نہیں۔ ہم محض سائے ہیں جو آرزوؤں اور خوابوں کی جستجو میں اپنی نعش کو اپنے کاندھوں پر اٹھائے اپنے آپ کو ڈھونڈتے پھر رہے ہیں اور پھر ایک دن اپنی آرزوؤں، اپنی تمناؤں کے ساتھ لپٹ کر وقت کے صحرا میں بکھر جاتے ہیں۔''

مجھے یوں سوچتا دیکھ کر وہ گھبرا کر بولا، ''آپ تھکے ہوئے ہیں۔ آرام کریں۔ میں آپ کے لیے کھانے کا انتظام کرتا ہوں۔''

میں حسن پرست ہوں۔ پھولتی ہوئی شفق، چودھویں رات کا چاند اور پہاڑیوں پر گرتی ہوئی برف میری سب سے بڑی کمزوری ہے۔ رات گہری ہو چلی تھی، خزاں رسیدہ چاند اُدھے آسمان پر ابھر آیا تھا اور ہوا میں خنکی کا نشہ تھا۔ میں بے تاب ہو کر مشرقی کھڑکی پر جھک گیا۔ ہر طرف سکوت تھا۔ ٹھہراؤ تھا اور اداس چاندنی ایک نیا تاثر بیدار کر رہی تھی۔ اُس پر اسرار سے ماحول، میں کھو سا گیا۔ مجھے وقت کا احساس اس وقت ہوا جب بوڑھے ملازم نے مجھے کھانے کے لیے آواز دی۔

آتش دان پر موم شمع روشن تھی اور اس کی دھیمی روشنی میں بوڑھا ملازم بڑا پُر اسرار نظر آ رہا تھا میں جب تک کھانا کھاتا رہا وہ خاموشی سے بیٹھا رہا اور جب میں کھانا کھا چکا تو وہ اسی خاموشی سے برتن اٹھا کر چلا گیا۔

سفر کی تھکن سے میں نڈھال ہو کر بستر پر گر پڑا اور سوچتے سوچتے سو گیا۔

صبح جب میری آنکھ کھلی تو سورج کافی بلندی پر چڑھ آیا تھا اور بوڑھا ملازم میرے جاگنے کا منتظر تھا۔ ضروریات سے فارغ ہو کر میں نے ناشتہ کیا اور تفریح کا پروگرام مرتب کرنے لگا۔

"رات کو تو آپ سکون سے سوئے بابو صاحب!" بوڑھے ملازم نے اچانک مجھ سے سوال کیا۔

"ہاں! اچھی طرح، شاید بہت تھکا ہوا تھا۔ مجھے تو معلوم ہی نہ ہوا کہ میں کب سویا۔"

"ہوں"! بوڑھے ملازم نے ایک سرد آہ بھری جیسے وہ کچھ کہنا چاہتے ہوئے بھی کچھ کہہ نہ سکتا ہو۔ میں نے اس سے پوچھا، "تم شاید کچھ کہنا چاہتے ہو۔؟"

"جانے دیجیے بابو صاحب! آپ شاید مذاق سمجھیں کہ کیا خاں صاحب نے آپ کو کچھ نہیں بتایا ہے"۔

اور اس لمحے مجھے یاد آیا۔ خان بہادر صاحب نے چلتے وقت مجھ سے ہنسی ہنسی میں کہا تھا کہ ریسٹ ہاؤس میں کسی لڑکی کی آوارہ روح رات کی تنہائیوں میں بھٹکتی پھرتی ہے۔ ذرا احتیاط کرنا یہ کہہ کر وہ خاموش ہو گئے پھر زور سے ہنس دیے جیسے مذاق کر رہے ہوں یا پھر اپنے آپ کو ترقی یافتہ شہری ثابت کرنا چاہتے ہوں اور یہ بات کسی حد تک درست ہی تھی۔ اس ایٹمی دور میں بھٹکتی روح کا تصور ہی مذاق معلوم دیتا ہے۔

بوڑھے ملازم کی بات سن کر میرے دل میں شدید اشتیاق پیدا ہوا کہ اصل معمے کو سمجھ لوں۔ اس لیے میں نے اس سے کہا، "ہاں! خان بہادر صاحب کسی روح کا ذکر کر رہے تھے۔ کاش میں بھی اسے دیکھ سکتا۔!"

"کمال ہے بابو صاحب! شاید آپ پہلے شخص ہیں جسے اس روح نے پریشان نہیں کیا۔"

"اصل بات کیا ہے؟" میرا تجسّس اور بڑھ گیا۔

"اصل بات تو مجھے بھی نہیں معلوم، مگر کہتے ہیں کہ آج سے تیس سال پہلے یہاں خان بہادر صاحب کے رشتے کا کوئی لڑکا اپنی محبوبہ کو شہر سے لے آیا تھا اور پھر دونوں نے اندر والے کمرے میں اپنے آپ کو بند کرکے خودکشی کر لی۔

چھ، سات ماہ تک تو کسی کو کچھ پتا ہی نہ چل سکا۔ لوگ سمجھے کہ دونوں نے دور کہیں گھر بسالیا مگر جب کوئی اس ریسٹ ہاؤس میں سات آٹھ ماہ بعد آیا۔ تو رات کو اچانک اس نے سسکیوں کی آواز سنی اور پھر اندھیرے میں اسے دو سائے لہراتے ہوئے نظر آئے۔ بے چارہ بے ہوش ہوگیا اور صدمہ سے اس کا ذہنی توازن بگڑ گیا۔ لوگوں کو جب پتہ چلا تو انہوں نے ریسٹ ہاؤس کو دیکھا، مگر اندرونی کمرہ اندر سے بند تھا۔ ڈر کی وجہ سے لوگوں میں ہمت نہ ہوئی کہ وہ کواڑوں کو کسی طرح کھول کر اندر دیکھ سکیں کہ اندر کیا ہے؟ اور آج تک یہ کمرہ یوں ہی بند پڑا ہے۔ جب کوئی مہمان یہاں آکر ٹھہرتا ہے تو رات کو روحیں طرح طرح سے اسے پریشان کرتی ہیں۔"

مجھے پتہ نہیں، بوڑھا کہانی سنا کر کب چلا گیا، مگر جانے کیوں مجھے یہ احساس ہوا کہ اس واقعے سے تو میں پہلے ہی سے واقف ہوں اور میں ان تمام رازوں کو بخوبی جانتا ہوں جو اندر کمرے میں دفن ہیں۔ اچانک اندرونی کمرے کا جائزہ لینے کا تجسّس جاگ اٹھا اور میں دیوانہ وار کمرے کی جانب بڑھا۔ اچانک میری نگاہیں آتشدان پر رکھی ہوئی موم کی شمع سے جا ٹکرائیں۔ موم کی شمع کو تو رات بھر میں

جل کر پگھل جاتا تھا مگر وہ تھوڑی سی جل کر بجھ گئی تھی۔ میں نے ذہن پر زور ڈالا تو مجھے یاد آیا کہ جب میں سونے کے لیے بستر پر لیٹا تھا تو موم شمع تقریباً اتنی ہی جل چکی تھی۔ تو۔ تو کیا میرے سوتے ہی کسی نے اسے بجھا دیا تھا۔؟

بارش کی سیل اور ایک طویل مدت تک بند رہنے کی وجہ سے کمرے کے کواڑ بالکل جامد ہو چکے تھے اور زور لگانے پر یوں محسوس ہوتا تھا جیسے کسی نے آہنی دیوار بنا کر کھڑی کر دی ہے۔ اچانک میرے ذہن میں خیال آیا کہ پہلے باہر کے تمام دروازے بند کر دوں تاکہ میرے کام میں کوئی مُخل نہ ہو سکے، چنانچہ میں نے تمام دروازے اندر سے بند کر دیے اور پھر اپنی پوری طاقت کواڑوں کو کھولنے میں صرف کر دی، مگر کواڑ ہلے تک نہیں۔

اس وقت میرے اندر اتنی طاقت جانے کہاں سے آ گئی تھی یا پھر کوئی غیبی طاقت مجھے اس کام کو انجام دینے کے لیے مدد دے رہی تھی۔ میں نے اپنے جسم کو کواڑوں سے ٹکرانا شروع کر دیا۔ اچانک کواڑ چرمرائے اور اس کی چولیں ڈھیلی ہو کر گر پڑیں ایک عجیب قسم کی خوشبو میری ناک سے ٹکرائی، میں نے اپنا ہاتھ ناک پر رکھ لیا۔ اور جب آنکھیں تاریکی میں دیکھنے کی عادی ہو گئیں تو میں نے دیکھا، چھت کے کنڈے سے ایک رسی بندھی ہوئی تھی اور لٹکی ہوئی رسی کے پھندے میں ایک انسانی ہڈیوں کا ڈھانچہ جھول رہا تھا۔ فرش پر ایک اسٹول اوندھے منھ گرا پڑا تھا۔ اگر کوئی دوسرا شخص میری جگہ ہوتا تو یقیناً خوف سے اس کی چیخ نکل جاتی اور ممکن تھا کہ وہ اپنا ذہنی توازن برقرار نہ رکھ سکتا۔ مگر مجھے یہ ماحول کچھ جانا پہچانا سا لگا۔ میں نے زمین پر پڑے ہوئے اسٹول کو اٹھایا اور اس پر اطمینان سے بیٹھ گیا اور رسی میں جھولتی نعش کو غور سے دیکھنے لگا۔ یکایک میں بھولے بھٹکے ان جزیروں میں جا پہنچا، جہاں ہر طرف پھول ہی پھول کھلے

ہوئے تھے۔ تمام واقعات سلسلہ وار مجھے یاد آنے لگے۔

" ان دنوں میں بہت ہی خوش تھا، ہر طرف بہار ہی بہار تھی اور میرے چاروں اُور حسین خوابوں کا جال بچھا ہوا تھا۔ اور نینا کتنی خوبصورت تھی۔ اس کی آنکھیں پرسکون جھیل کی مانند کشادہ اور گہری تھیں۔ اور اس کا رنگ کھلتے ہوئے گلاب کی طرح گلابی تھا۔ وہ مجھ سے ملتی تو مجھے یوں احساس ہوتا جیسے وہ شفق کے جھولے پر جھولتی ہوئی میرے قریب آگئی ہو۔ ہم گھنٹوں پائیں باغ کے تنہا گوشے میں گلاب کی کیاریوں میں بیٹھے کیٹس اور شیلے کی رومانٹک نظمیں گنگنایا کرتے، مگر برا ہو سماج کا، مجھے احساس تھا کہ وہ مجھے مل کر بھی نہیں مل سکتی تھی، کیونکہ میں اخبار کا ایک معمولی رپورٹر تھا اور وہ ایک امیر باپ کی اکلوتی بیٹی جو عیش و عشرت میں پل کر جوان ہوئی تھی۔ بھلا آسمان اور زمین کا کیا مقابلہ؟

اکثر ہم مستقبل کے بارے میں سوچتے سوچتے گم ہو جاتے۔ وہ مجھے سہارا دیتی' میری ہمت بڑھاتی اور نئے حوصلے جگاتی اور میں نیا عزم، نیا ولولہ لے کر سوچتا ہوا اپنے آپ کو دھوکا دیتا اپنے گھر چلا جاتا۔ زندگی گزارنے کے لیے اکثر ہمیں اپنے آپ کو طرح طرح سے دھوکے بھی دینے پڑتے ہیں اور اپنے آپ کو رو کر منانا بھی پڑتا ہے۔ ان دنوں یہی حال میرا تھا۔ لیکن کب تک؟ تلخیوں اور محرومیوں کا آخر مداوا بھی کیا ہے؟ اس رات میں سگریٹ پر سگریٹ پیتا رہا اور سوچتے سوچتے آخری فیصلہ کرنے نینا کے گھر چلا گیا۔

ان دنوں نینا کے ممی اور ڈیڈی پہاڑی مقام پر گرمیاں گزارنے گئے ہوئے تھے اور نینا میرے لیے اور کچھ امتحان دینے کے لیے گھر پر رہ گئی تھی۔ جب میں اس کے خوبصورت بنگلے پر پہنچا تو وہ برآمدے میں بیٹھی ٹالسٹائی کا ناول پڑھ رہی تھی۔ مجھے دیکھ کر وہ مسکرائی، مگر میں سنجیدہ ہی رہا اور کافی دیر

تک بیٹھا خلا میں گھورتا رہا۔ آخر سکوت اس نے ہی توڑا "آج تم پر شاید پھر دیوانگی کا دورہ پڑا ہے" میں اور بھی اداس ہو گیا۔

دراصل وہ میری تمام کمزوریوں سے واقف تھی اور اس کی یہ بات کسی حد تک درست تھی۔ کبھی کبھی مجھے مایوسیوں کے شدید دورے پڑتے اور میں اپنے آپ کو کمرے میں بند کر لیا کرتا۔ آخر پھر نئی امید، نئے جذبے کے سہارے پھر اپنے آپ کو دنیا کے جھمیلوں میں الجھا دیتا۔

"تم کچھ بولو گے بھی یا یوں ہی بیٹھے بور کرتے رہو گے؟" اس نے مجھے چھیڑا۔

اور اس لمحے میں اور بھی جذباتی ہو گیا۔ میں نے کہا "نینا آج میں آخری فیصلہ کرنے آیا ہوں تمہیں اگر واقعی مجھ سے محبت ہے تو ...."

اس نے بات منہ سے چھین لی۔ "تم آخر چاہتے کیا ہو؟ کیا میں ممی اور ڈیڈی کو چھوڑ کر ان کی عزت کو روندتی ہوئی تمہارے ساتھ بھاگ چلوں؟"

"ہاں! اگر تمہیں واقعی مجھ سے محبت ہے اور جیسا کہ تم اکثر اظہار بھی کرتی رہی ہو، تو تمہیں میرے ساتھ چلنا ہی ہوگا۔"

"کیا۔ کیا تم۔ ؟" اس کے چہرے کا رنگ پھیکا پڑ گیا اور ہونٹ کپکپانے لگے اور وہ اپنی چپل سے زمین کریدنے لگی۔

"وقت بہت کم ہے۔ مجھے جواب دو نینا! کیا تم میرے ساتھ چلنے کو تیار ہو؟" میں نے اس سے پھر کہا۔ "مگر ہم جائیں گے کہاں؟" اس نے یکایک سوال کیا۔

میری کچھ ڈھارس بندھی، حوصلہ ملا اور میں نے اسے سمجھاتے ہوئے کہا۔

یہاں سے سو میل دور میرے ماموں کا ریسٹ ہاؤس ہے۔ ماموں ان دنوں لندن گئے ہوئے ہیں اور چابیاں امی کے پاس ہیں۔ کچھ دن ہم ریسٹ ہاؤس میں ٹھہریں گے، پھر کسی دوسرے شہر میں جا بسیں گے۔"

"مگر—" وہ کچھ کہنا چاہتی تھی، میں نے پھر اس سے کہا، "پگلی تم بیوقوف ہو۔ تمہیں معلوم نہیں تمہاری ممی اور تمہارے ڈیڈی تم سے کتنی محبت کرتے ہیں اور تم ان کی اکلوتی بیٹی ہو۔ یہ ٹھیک ہے کہ وہ لوگ کچھ دنوں تم سے ضرور ناراض رہیں گے، مگر تم دیکھنا چند دنوں بعد وہ تمہیں منانے خود تمہارے پاس آئیں گے۔"

بات اس کی سمجھ میں آگئی۔ چنانچہ جلدی جلدی وہ تیار ہوئی اور آیا سے فلم کا بہانہ کر کے میرے ساتھ چل دی۔ میں بہت خوش تھا اور کامیابی کے نشے میں میرے قدم لڑکھڑا رہے تھے۔ جیب میں نئے مہینے کی تنخواہ کے علاوہ پانچ سو روپے اور بھی تھے۔

راستے بھر نینا اداس اداس، کھوئی کھوئی سی رہی۔ شاید اسے اپنی ممی اور ڈیڈی کی یاد ستا رہی تھی۔ آخر چند گھنٹوں کی مسافت کے بعد منزل مقصود آگئی۔ میں نے ریسٹ ہاؤس کھولا، منہ ہاتھ دھویا اور نینا کو چھوڑ کر کھانے کا انتظام کرنے باہر نکل گیا۔

ہم مشرقی لوگ بھی کس قدر جذباتی ہوتے ہیں جذبات کے ریلے میں بہہ کر بڑے سے بڑا فیصلہ کر گزرتے ہیں چاہے بعد میں ہمیں پچھتانا ہی کیوں نہ پڑے۔ میرا ضمیر بھی مجھے ملامت کر رہا تھا اور نینا بھی کھوئی کھوئی سی تھی، لیکن جو ہونا تھا وہ ہو چکا تھا۔ اور جب میں کھانے پینے کا سامان لے کر واپس لوٹا تو نینا بے تحاشا رو رہی تھی اور صدمے سے اس کا برا حال تھا۔ میں نے اسے پانی پلایا،

دلاسہ دیا، مگر وہ انجانے خوف سے بے چین تھی۔ کھانا یوں ہی رکھا رہا اور ہم دونوں کافی دیر تک یوں ہی خلا میں گھورتے رہے۔ آخر سکوت میں نے توڑا، وقت اب بھی زیادہ نہیں گزرا ہے میرا خیال ہے تم واپس گھر چلی جاؤ۔ تمہیں میں اسٹیشن چھوڑ آتا ہوں۔ مجھے اعتراف ہے کہ میں خود غرض ہوں اور میں نے تمہیں بہکایا اور اب میں خود بھی اپنی غلطی پر نادم ہوں، محبت کا مطلب یہ تو نہیں کہ دوسروں کے جذبات سے کھیلا جائے اور آخر یہ بھی کیا ضروری ہے کہ ہم دونوں کی شادی بھی ہو جائے یہ کہہ کر میں خلا میں گھورنے لگا۔ دراصل میں نینا کے جواب کا منتظر تھا۔

"سچ! تم۔ تم کتنے اچھے ہو علی رضا! مجھے تم سے محبت ہے اور ہمیشہ رہے گی، کیوں نا ممی اور ڈیڈی کو اپنی پسند سے آگاہ کر دوں اور ضد کر کے یہ بات منوالوں، یوں ہی بہتر ہے۔ تم بے فکر رہو۔ چلو واپس چلتے ہیں۔"

شام کے سات بج چکے تھے اور ایکسپریس ٹرین اسٹیشن چھوڑ چکی تھی میں خاموشی سے چلتی ٹرین سے کود پڑا اور نینا واپس چلی گئی۔ جب میں ریسٹ ہاؤس واپس پہنچا تو شام کے دھندلکے گہرے ہو چکے تھے۔ میں ایسا جواری تھا جو جیت کر بھی ہار جاتا ہے۔ یہ میری زندگی کی سب سے بڑی فتح اور سب سے بڑی شکست تھی، سب سے بڑی خوشی اور عظیم المیہ!

اس رات میں تنہا بیٹھا سگریٹ پیتا رہا اور سوچتا رہا، پھر میں فیصلہ کن انداز میں اٹھا اور دوسرے کمرے میں جانے کیا ڈھونڈنے لگا۔ اندرونی کمرے کے کونے میں پڑی ہوئی رسی پر میری نگاہیں جم گئیں جیسے میں اس کا متلاشی تھا۔ رسی کو میں نے کانپتے ہوئے ہاتھوں سے اٹھایا چھت کی طرف گھور کر دیکھا اور دوسرے لمحے رسی کا پھندا بنا کر چھت سے لگے ہوئے مضبوط کنڈے میں باندھ کر اطمینان سے اسٹول لا کر اس پر کھڑا ہوا ہی تھا کہ اچانک مجھے خیال آیا

کہ کمرے کو اندر سے مقفل تو کیا ہی نہیں، چنانچہ اسٹول سے اتر کر کمرے کو پوری طرح سے بند کر لینے کے بعد اسٹول پر کھڑے ہو کر جھولتی ہوئی رسی کو اپنے گلے میں ڈال کر اسٹول کو لات مار کر گرا دیا۔ اور۔ اور پھر ——————

دوپہر ڈھل رہی ہے شاید بوڑھا ملازم کمرے کو کھلا دیکھ کر خوف زدہ ہو کر بھاگ چکا ہے۔ میں اپنی نعش کے قریب بیٹھا ماضی کی راکھ کرید رہا ہوں۔ یہ جھولتی ہوئی نعش میری اپنی نعش ہے۔ میں سوچتا ہوں کہ مجھے رات تک یہیں بیٹھے ہوئے نینا کی روح کا انتظار کرنا چاہیئے یا واپس جا کر خان بہادر صاحب کو اپنی دلچسپ کہانی سنانی چاہیئے مگر۔ کیا وہ یقین کر سکیں گے۔؟

”۔ ایک ایسے شخص کا افسانہ جو زندگی کے تنہا لمحوں میں جانے کتنی بار مرا اور جیا۔ پھر ایک دن وہ اپنا گھر بھی بھول بیٹھا۔ اس لڑکی کی طرح جو اس کی محبت کو بھول کر زندگی کے ھنگاموں میں کہیں گم ھو گئی۔“

تنہا تنہا

قتنہا سڑک پر وہ بالکل تنہا تھا، لیکن وہ تنہا نہیں تھا۔ اس کے پیچھے یادوں کا قافلہ اس کے ساتھ ساتھ چل رہا تھا، اس کے پیچھے اس کی ناکامیاں تھیں، محرومیاں تھیں، نامکمل آرزوئیں تھیں اور تلخ ترش یادیں!

یہ سب میرے ساتھ ساتھ کیوں ہیں؟" اس نے سگریٹ سلگایا، کئی آوازیں ابھریں جنہیں اس نے محسوس کیا (اندر کی آوازوں کو محسوس کرنا بھی کتنی اداس بات ہے) یکایک ایک سایہ لرزتا ہوا اس کے قریب سے گزر گیا۔ !

" ہلو! تم رات گئے سڑکوں پر یوں تنہا مارے مارے کیوں پھر رہے ہو؟" وہ کسی کو نہیں پہچان پایا۔

" مغرور اور خود پسند لڑکا۔" آواز اس کے کانوں تک پہنچی اور لمحوں کی بارش سے اس کا سارا جسم بھیگ گیا۔

اس نے پھر سوچا۔ " ہاں! تو میں سوچ رہا تھا گھر کیوں نہیں ملتا! آخر کیوں نہیں؟؟"

تم محض سائے ہو اور سایوں کا کوئی گھر نہیں ہوتا۔"

تم جھوٹ بکتے ہو، تم کمینے ہو، میں اپنا گھر تلاش کر کے ہی رہوں گا چاہے گھر پہنچ کر دم ہی کیوں نہ دے دوں۔" اس نے آواز کو ڈانٹا۔ ہر طرف

قہقہے بکھر گئے۔ دیوانہ۔ ہاہا۔ ہاہاہا۔ بھلا آدم اور ہوا کا بھی کوئی گھر تھا؟ چلتے چلتے اس نے پھر سوال کیا۔ "تمہارا نام۔؟" "میرا کوئی نام نہیں، میں بے نام ہوں۔" فضا میں پھر قہقہے گونج اٹھے اور وہ لرز کر رہ گیا۔ (اف خدایا یہ آوازیں کہاں سے آرہی ہیں؟)

کئی گھنٹوں کی مسلسل جدوجہد کے بعد وہ اپنے گھر کے دروازے تک جا پہنچا۔ اس کی آنکھیں بے نور تھیں اور جسم بے جان۔ دراصل وہ تنہا لمحوں میں جانے کتنی بار مرا اور جیا تھا۔

ڈائننگ ٹیبل پر وہ اوندھے منہ گر پڑا۔ رات بول رہی تھی اور لمحوں کی بارش برابر جاری تھی۔ اس نے سوچا آج مجھے فیصلہ کرنا ہی ہے۔ گھر کیوں نہیں ملتا۔ آخر کیوں نہیں؟؟ میز کے اردگرد چھ عدد کرسیاں پڑی تھیں اور وہ تمام کرسیوں پر براجمان تھے ایک جو آرٹسٹ تھا، دوسرا جو اداکار تھا تیسرا جو جرنلسٹ تھا، چوتھا جو ناول نگار تھا، پانچواں جو بے انتہا مذہبی اور رجعت پسند تھا اور چھٹا جو کمینہ، مکار اور شرابی تھا!

اس نے سب کی طرف گھور کر دیکھا اور سوچا، ان سب کے بغیر میری شخصیت کتنی کھوکھلی اور بے جان ہے۔" ان سب نے اسے گھورا اور ایک آواز ہو کر بولے۔" ہم جانتے ہیں تمہارے دکھ کیا ہیں اور ان کا مداوا کیا ہے؟"

اس نے نفرت سے ان سب کی طرف دیکھا اور بولا، بکواس بند کرو۔ تم سب خود زندگی سے ہارے ہوئے ہو، تم لوگ سب سراب کے پیچھے بھاگتے بھاگتے ہانپ رہے ہو۔ کیا یہ درست نہیں کہ آرٹسٹ نے ایک لڑکی سے محبت کی تھی اور تم جو ناول نگار ہو اپنے ناولوں سے اتنی بھی قیمت وصول،

نہیں کر سکے کہ تم آرٹسٹ کی محبت کو زندہ رکھنے کے لیے پیسے کا ذریعہ ثابت ہوتے اور تم جو اداکار ہو۔ اسٹیج، ٹیلیویژن اور فلم کے کانٹریکٹ میں ایسے الجھے رہے کہ تم نے بھی آرٹسٹ کے لیے کچھ نہ کیا اور اس کی محبت مر گئی۔"

چوتھی کرسی پر بیٹھا ہوا جرنلسٹ بولا "میں جو کچھ اس کے لیے کر سکا وہ میں نے کیا۔ اخبارات اور رسائل میں۔ میں نے سفارش کی اور اس کے انٹرویو چھپوائے اور اسے شہرت دی۔

"پاگل نہ بنو۔" اس نے جرنلسٹ کو جھاڑا۔ "شہرت سے محبت کو خریدا نہیں جا سکتا۔ یہ مظلوم ہے اور مکمل ہے اور اسے مذہبی شخص نے درد کی صلیب پر مصلوب کیا ہے۔" مذہبی شخص جھلا کر بولا، "میں مجبور تھا۔ میری پرورش ہی ایسے ماحول میں کی گئی تھی۔ میں نے اس کے ساتھ ظلم نہیں کیا۔ جب بھی اس نے غلط راستہ اختیار کیا۔ میں نے اس کے ضمیر کو جھنجھوڑا اور بس!"

یکایک مکار اور کمینہ شخص طیش میں آ گیا، تم پاگل ہو۔ جب بھی میں نے اسے احساس دلایا کہ غلط راہیں ہی کامیابی کی طرف جاتی ہیں، تو تم نے اسے روک دیا، لیکن اس دن تم کہاں تھے جس دن آرٹسٹ نے اس لڑکی سے اپنی ذات کے بارے میں اس کی پسند جاننی چاہی تھی اور لڑکی نے آرٹسٹ سے شادی کرنے سے انکار کر دیا تھا، کیونکہ آرٹسٹ کی جیبیں خالی تھیں اور اس کی شخصیت کھوکھلی تھی، تب میں نے اسے سہارا دیا تھا اور اس کی جیب سے روپے اڑا کر اسے بار تک چھوڑ آیا تھا۔ اور اس دن اس نے بے انتہا پی تھی، اس کے پیر لڑکھڑا رہے تھے اور چہرا خون کی حدت سے جل رہا تھا اور وہ جذباتی ہو کر شراب خانے میں بے انتہا رو رہا تھا۔"

مذہبی شخص نے بڑی ملائمیت سے کہنا شروع کیا، "لڑنے سے کچھ حاصل

نہیں، میری بات سنو! تم جو اداکار ہو، ہر لڑکی سے ناظرین کے سامنے محبت کرتے اور ہر لڑکی سے یہی کہتے ہو کہ تمہارے بنا ایک پل بھی نہیں جی سکوں گا۔ کیونکہ تمہارے فن کی بنیادیں جھوٹ پر ہیں حالانکہ میں جانتا ہوں کہ تم نے زندگی میں ایک بار شدت سے صرف ایک لڑکی کو چاہا۔ اور تم نے اس لڑکی کو اس لیے چاہا کہ وہ تمہارا آئیڈیل تھی۔

اور تم جو ناول نگار ہو، تم نے بھی اس لڑکی کو چاہا، اس لڑکی سے انتہائی زیادہ محبت کی اور جانے کتنے خیالی گھوڑے دوڑائے اور ہر ناول نگار کی طرح جانے کتنے سنہرے خواب دیکھے۔ اور تم۔ تم جو جرنلسٹ ہو، میں جانتا ہوں۔ تم نے بھی اسی لڑکی سے اخباری کیریئر کی طرح محبت کی، کیونکہ وہ لڑکی ٹیبل ٹاکس بڑے سلیقے سے کرتی تھی۔ اور تم میں وہ شام کے اخبار کی طرح دلچسپی لیتی تھیں اور تم۔ مصور!

تم نے بھی اس لڑکی کو چاہا اور ادھے آسمان پر بکھری ہوئی شفق کی طرح اس کی شخصیت کو محسوس کیا اور تمہاری خواہش تھی کہ تم اس لڑکی کا حسین سا پورٹریٹ بنا ڈالو، مگر اس لڑکی نے موڈل بننا پسند نہیں کیا اور تم سمجھ بھی نہ سکے آخر کیوں۔ اور ہاں! تم جو کمینے شرابی ہو۔ تم شہر کے مختلف شراب خانوں میں کبھی جرنلسٹ، کبھی ادیب، کبھی آرٹسٹ، کبھی اداکار بن کر شراب پیتے رہے ہو، تم صرف لفنگے ہو۔ تمہاری کمزوری بھی وہی لڑکی تھی تم نے اسے خواب دکھلائے پھر بھی وہ تمہارے جال میں نہ پھنس سکی تب تم نے اسے اپنے خیالوں میں اپنے بستر پر اپنے ساتھ لٹایا اور اس کی اپنے دوستوں میں تشہیر کی، اور میں جو محبت کو خدا کی عبادت سمجھتا ہوں اور ہر کسی کے دکھ محسوس کرکے روتا ہوں میں بھی اعتراف کرتا ہوں کہ میں نے بھی اسی لڑکے کو چاہا تھا اور شدت سے اپنی بیوی بنانا چاہا تھا

لیکن میں تم سب سے افضل ہوں کیونکہ آج تک شاید اسی لڑکی کو یہ بھی نہ معلوم ہو سکا کہ میں اس کی محبت میں گرفتار ہوں۔"

مذہبی شخص خاموش ہو گیا تو وہ بولا۔ "تم سب اپنی اپنی راہوں پر واپس آجاؤ، میں گزرے ہوئے ہر لمحہ کی قیمت وصول کر لوں گا۔ میں نے اس لڑکی کو انتہا سے زیادہ چاہا! اور اپنے دل میں عہد کیا تھا۔ اے حوّا کی بیٹی! اگر میں تجھے نہ پا سکا تو تمام عمر کنوارا رہوں گا، کیونکہ کوئی اور لڑکی مجھے نہیں پڑھ سکی۔" مگر یہ سن کر اس لڑکی نے بے باک قہقہہ لگایا تھا جس کی بازگشت میں آج بھی محسوس کرتا ہوں اور وہ میرے لیے چمکیلی چیز بن گئی جو سونا نہیں ہوتی۔! لیکن میں اسے زندگی بھر اگر بھولنا بھی چاہوں تو نہیں بھول سکتا، کیونکہ وہ لڑکی ہر لمحہ میرے ذہن پر حکمرانی کرتی ہے۔" یہ کہہ کر وہ بے دم ہو گیا اور ہانپنے لگا۔

اداکار نے آرٹسٹ سے ہاتھ ملایا۔ آرٹسٹ نے جرنلسٹ کا منہ چوم لیا، ناول نگار نے قلم سنبھالا اور جرنلسٹ نے تشہیر کا وعدہ کیا۔ مذہبی شخص نے دعائیہ گیت گایا۔ اور شرابی لڑکھڑاتا ہوا وہاں سے چل دیا۔ وہ سب کے سب اس کے پیچھے بھاگے اور اسے جا لیا۔

اور دوسرے لمحہ وہ سب ایک دوسرے میں مدغم ہو گئے۔

دور کہیں موذن کی آواز فضائے بسیط میں گونج رہی تھی۔ نیا سورج طلوع ہو رہا تھا اور وہ سرہانے میز پر تنہا بیٹھا سوچ رہا تھا۔ اور وہ لڑکی جو اس کی محبت تھی، اس کا ماضی تھی، اس کی محبوبہ تھی، اس کی قاتل تھی۔ ہاں وہی لڑکی مسہری پر اپنے دو بچوں کو چمٹائے بے خبر سو رہی تھی۔!

"___روحانیت سے ناراض اس انسان کا قصہ جس نے اپنی ہستی کو شراب کے جاموں میں گم کر دیا یہاں تک کہ ہر چیز اس کے لیے اجنبی اجنبی سی ہو گئی___"

دلِ داغ داغ

میلے شہر کے ویران شراب خانے میں بیٹھا سوچتا ہوں "ہم سب اپنی اپنی راہوں سے بھٹک گئے ہیں اور اپنے چہروں پر نقلی خول چڑھا کر زندگی کی ویران گلیوں میں بھٹک رہے ہیں۔"

شراب خانے میں عریاں عورتوں کی تصویریں آویزاں ہیں اور ان عریاں تصویروں کو دیکھ کر میرا ذہن قدیم زمانے کے کھنڈروں میں بھٹکنے لگا ہے۔ مجھے پکاسو یاد آرہا ہے اور وان گو کے وہ حالات جنہوں نے اسے پاگل بنادیا اور جنس کے گہرے غاروں میں دھکیل دیا۔ وہ سستی عورتوں کے گرد چکر کاٹنے لگا اور اپنے آرٹ کو بھلا بیٹھا۔ پھر میں ڈی وچی اور ماستیس کے فن کے بارے میں سوچنے لگا۔ کرول میکر کی نیم عریاں تصویریں میرے ذہن کے کینوس پر ابھرنے ڈوبنے لگی ہیں۔ اچانک مجھے ڈی ایچ لارنس کی پینٹنگ یاد آجاتی ہے جس میں آرٹ سے زیادہ فلسفہ پر زور دیا گیا ہے۔

میں ان سستے مصوروں کے بارے میں سوچتا ہوں، جنہوں نے انتقاماً اپنی محبوباؤں کو عریاں کر کے اپنی جنسی بھوک مٹائی یا پھر سستی شہرت کی خاطر ان کے جسموں کو نگاہوں کے ترازو میں تول کر بیچ دیا۔

شمپین کا ایک لمبا گھونٹ بھر کر میں سوچتا ہوں "ہائے آسیہ! تم نے

میرا دل کرچی کرچی کر دیا کاش! تم اتنی مغرور نہ ہوتیں. لیکن نہیں تم مغرور رہو اور اس لیے میں تم سے پیار کرتا ہوں ،کیونکہ میں خود بھی مغرور ہوں اور مغرور لوگ مجھے پسند ہیں ۔حسن جب مغرور ہو تو اور بھی حسین لگتا ہے ۔"

شراب کا دوسرا گھونٹ لے کر میں زندگی کے بارے میں سوچتا ہوں ۔ زندگی تلخ ہے یا شراب؟ زندگی بھی تو ایک شراب ہے ۔ جس کی تلخیوں کا نشہ تمام نشوں سے تیز تر ہوتا ہے ۔

میرے پیچھے چار لیڈی بوائنز بیٹھے ہوئے شراب سپ کر رہے ہیں ۔ان کا موضوع ہالی وڈ کی نیوڈ فلمیں ہیں یا سستے معاشقے ۔

میرا ذہن نشے میں ڈولنے لگتا ہے ۔ اچانک مجھے بیٹلز گوئیے یاد آجاتے ہیں جنہوں نے جوش طلب کی مستی میں آکر بیچارے مذہبی عوام کے سامنے شہرت کی ڈھال ڈال کر جوش سے کہا تھا؟ "ہم عیسیٰ سے بھی زیادہ پاپولر ہیں ۔"

ہا بیچارے بیٹلز! شاید وہ بھول گئے تھے کہ آج بھی لوگ مذہبی جنون میں مبتلا ہو جاتے ہیں ۔

سوچتے سوچتے میرا ذہن بھٹکنے لگتا ہے ۔ ویٹر بے مجھے خلاؤں میں گھورتے ہوئے آگے بڑھ کر بل سامنے کر دیتا ہے ۔بل ادا کر کے میں لڑکھڑاتے قدموں سے گھر کی طرف چل دیتا ہوں یکایک ایسا احساس ہوتا ہے جیسے میں خلاؤں میں تحلیل ہو رہا ہوں ۔ راستے میں کئی جانے پہچانے چہرے ملتے ہیں "ہلو ۔!"

میں کسی کو پہچان نہیں پاتا. راہیں اتنی اندھیری کیوں ہیں حضرت محمد صلی اللہ علیہ وسلم

تمہاری جلائی ہوئی شمع کیوں بجھ رہی ہے۔ دنیا میں اتنا گھمبیر اندھیرا کیوں ہے؟

اس گہرے اندھیرے میں، میں خدا کو بھی نہیں پہچان پاتا۔ چلتے چلتے میں خود سے پوچھتا ہوں "تم اپنے بارے میں کیا جانتے ہو۔؟"

کوئی راہ نہیں۔ کوئی دروازہ نہیں۔ کوئی روشنی نہیں۔ پھر ہم کیوں بھٹک رہے ہیں؟ "تم ذہنی طور پر اتنے پریشان رہتے ہو۔ بہتر ہے کہ شادی کر ڈالو۔" میرا دوست مشورہ دیتا ہے۔

جواباً میں کہتا ہوں، "تم ہی بتاؤ کیا کوئی لڑکی مجھے ماں کی ممتا، بہن کا پیار، بھائی کی محبت اور باپ کی شفقت دے سکتی ہے؟؟"

ماں کی ممتا پر میرا دوست احمقانہ انداز میں میری طرف دیکھ کر قہقہہ لگاتا ہے۔

"احمق، گدھے۔ ہم سب احمق ہیں اور اس طرح الٹی سیدھی باتیں سوچتے رہتے ہیں، ہمارے ذہن مفلوج ہو گئے ہیں اور ہماری روحیں مردہ ہو گئی ہیں۔"

پاک یسوع مسیح! کاش تم ایک بار پھر دنیا میں آ سکتے اور ہماری روح کو اپنے جادو سے جگا سکتے۔ آج دنیا کا ہر انسان درد کی صلیب پر لٹکا ہوا چیخ رہا ہے۔ خداوندا تو حضرت محمد صلی اللہ علیہ وسلم کو ایک بار پھر اپنے کرم سے دنیا میں بھیج دے، کیونکہ ہم لوگ پتھر کی زمانے کی طرف بڑی تیزی سے لوٹ رہے ہیں۔ اب وہ زمانہ بھی دور نہیں جب عورتوں کے جسم پر تین پتے اور مردوں کے جسم پر صرف بال اُگے ہوئے ہوں گے۔ پھر نا جائز رشتے قائم ہوں گے اور لوگ اپنی اولادوں کو بھی نہیں پہچان پائیں گے۔ خداوندا پھر یوں ہوگا کہ ہم سے ایک مریم پیدا ہوگی اور پھر تیری رحمت سے وہ ایک مسیوع

کو جنم دے گی۔ اور لوگ تجھ سے ٹھٹھا کریں گے اور تیرے اوپر الزام تراشیں گے۔

اور دنیا دیوانگی کے ساحل پر کھڑی قہقہے لگا رہی ہے اور مجھے ڈر ہے کہ کہیں ان قہقہوں کی بازگشت صور اسرافیل کی آواز نہ دھار لے۔ تب۔ تب کیا ہوگا؟ پھر شاید یوں ہو کہ ایٹم سمندروں کے پانی میں حلول ہو جائیں۔ ساری مخلوق اس ابلتے ہوئے پانی میں بھاپ بن کر اڑ جائے اور سورج زمین پر آ گرے اور اُن کی آن میں ساری دنیا جل کر خاک ہو جائے۔!

یہ سوچ کر میری آنکھیں خوف سے خود بخود بند ہونے لگتی ہیں۔

گھر آکر میں دل بہلانے کے لیے آسیہ کے بارے میں سوچنے لگتا ہوں۔ نائٹ گون پہن کر پائپ سلگا کر میں پھر سوچتا ہوں، "ہائے ظالم آسیہ! تم اس وقت گہری نیند سو رہی ہوگی اور میں تنہا بیٹھا دھوئیں کا زہر حلق میں اتارتے ہوئے تمہارے بارے میں سوچ رہا ہوں۔ تصویر البم سے نکال کر دیکھتا ہوں اور دل کی باتیں شروع کر دیتا ہوں۔ یا دیوانہ لڑکا۔!

میرا دل چاہتا ہے آسیہ کہ میں پاگل خانے میں جاؤں اور وہاں کے منتظمین پر دل کھول کر قہقہے لگاؤں۔ پاگلو! تم نے اچھے بھلے انسانوں کو پاگل سمجھ کر کیوں بند کر دیا ہے؟۔ ہم سب پاگل ہیں اور دنیا پاگل خانہ ہے۔!

اقتدار کی جنگ تم نے نہیں دیکھی آسیہ! بربریت فراڈ ہے اور اقتدار ظلم!

کبھی کبھی یوں ہی بیٹھے بیٹھے دل چاہتا ہے کہ زور زور سے قہقہے لگاؤں لیکن میں تو جب بھی ہنسنا چاہتا ہوں، آنسو ڈھلک ڈھلک پڑتے ہیں۔ دوسرے لمحے مجھے احساس ہوتا ہے کہ آنسو قہقہوں سے زیادہ انمول ہیں۔ میں جانتا

ہوں کہ ہر قہقہے کے بعد ہمیں آنسو بہانے پڑتے ہیں۔

رات ہر لمحہ پگھل رہی ہے۔ وقت کا توازن برابر بکھر رہا ہے۔ پھر نئی صبح طلوع ہوگی۔ پھر دن اور رات گلے ملیں گے۔ جیسے صدیوں سے مل رہے ہیں، مگر کیا۔ کیا میں اور تم بھی کبھی۔؟؟

"مذہب کے نام پر خدا کی زمین پر فساد
کرنے والے ان لوگوں کا قصہ جنہوں نے ہندوستان
میں ایک مسادھو اور پاکستان میں ایک مولوی کو
قتل کردیا اور دو بے گناہ انسانوں کے قاتلوں کو یہ
بھی پتہ نہ چل سکا کہ دراصل یہ ان کی اپنی
موت تھی"

گولر کا پیڑ

مجھے بچپن میں گول گول، لال لال، میٹھے میٹھے گولر بہت پسند تھے۔ شہر سے دور جب صبح سویرے میں اپنے دوست آفتاب کے ساتھ اسکول جایا کرتا تو اکثر ہم دونوں جانے کہاں کہاں کی بے تکی سی باتیں کرتے رہتے، لیکن تان آخر گولر کے اس پیڑ پر جاکر ٹوٹتی جو ہمارے اسکول کے سامنے ٹیلے کے پیچھے، مسجد کے بالکل نزدیک کھڑا تھا۔

گولر کا پیڑ۔ جس پر موٹے موٹے، گول گول، لال لال گولر ٹنگے رہتے۔ بچپن میں مجھے جتنے گولر پسند تھے، اتنی ہی ماسٹر یاسین، جو ہمیں حساب پڑھاتے تھے، ان سے چڑ سی تھی۔ گولر کتنے میٹھے ہوتے ہیں اور مار کا مزہ کس قدر تلخ ہوتا ہے۔

اکثر میں اور میرا دوست ماسٹر لیین صاحب کے ڈر سے حساب کا گھنٹہ گول کر جاتے، اسکول کے گیٹ سے نکلتے وقت ہم سوچتے، "اگر وقت سے پہلے ہم لوگ گھر پہنچے تو گھر کے لوگ پوچھیں گے، اتنی جلدی کیوں چلے آئے؟" اس سوال کا جواب ہم کچھ اس طرح حل کرتے، میں کہتا، "یار آفتاب ٹیلے پر چلتے ہیں، وہاں سے سارا علی گڑھ دکھائی دیتا ہے اور اوپر کوٹ کا تو ایک ایک گھر صاف دکھائی دیتا ہے۔"

آفتاب مجھ سے کہتا! "یار نہیں! تو بھی کتنا پاگل ہے، اونچے ٹیلے سے اسکول اور اسکول سے اونچا ٹیلہ صاف دکھائی دیتا ہے، اور اونچے ٹیلے کی ہر

چھوٹی بڑی چیز۔ اگر ماسٹر لیسن صاحب نے دیکھ لیا یا کسی لڑکے نے شکایت کردی، تب کیا ہوگا۔؟"

"چلو یار آج تو گولر کھانے چلتے ہیں۔" میں لہک کر کہتا۔

"ہاں! ہاں! یہ ٹھیک ہے، گولر کھاتے ہیں۔" آفتاب کے منہ میں بھی پانی بھر آیا۔ پھر ہم اونچے ٹیلے کے پیچھے گولر کے پیڑ تک جا پہنچتے۔

"سنو! میں اوپر جاکر گولر توڑ توڑ کر نیچے گراتا ہوں، تم جمع کرتے رہنا۔ تب اکٹھے بیٹھ کر گولر کھائیں گے۔ میں پیڑ پر چڑھتے چڑھتے آفتاب سے کہتا۔"

پھر میں ایک ایک ڈالی چھان مارتا اور آفتاب مسجد کے صحن میں دھوپ کی تمازت سے بچتا پیڑ سے گرتے ہوئے گولر اپنی گود میں بھرتا۔ تب میں اترتا مسجد کے صحن میں بیٹھ کر ہم لوگ گولر کھاتے۔

اسکول کی گھنٹی بجنے کی آواز یہاں تک صاف سنائی دیتی، جب گھنٹی بجتی اور لڑکے بائے اسکول سے شور وغل مچاتے، ایک دوسرے کو چھیڑتے سڑک پر نکل آتے تو ہم دونوں بھی ان میں اس طرح شامل ہو جاتے جیسے اسکول سے پڑھ کر نکلے ہوں۔

ایک دن یوں ہی گولر کھاتے کھاتے میں نے آفتاب سے پوچھا "یہ مسجد ویران کیوں پڑی ہے؟ یہاں کوئی نمازی نماز پڑھنے کیوں نہیں آتا؟"

آفتاب نے میری طرف اس طرح دیکھا جیسے اچانک اسے کچھ یاد آگیا۔

"آؤ۔ آؤ چلتے ہیں۔ چلو مجھے تو یاد ہی نہیں رہا" ۔ وہ کسی انجانے خوف سے سہم کر بولا۔

"کیا بات ہے، بھئی بتاؤ تو سہی ۔" میں نے گھبرا کر پوچھا۔

"تم نکلو تو سہی ۔ جلدی کرو"۔ آفتاب لرزنے لگا۔

"کیا بات ہے آفتاب؟ تم اس قدر پریشان کیوں ہو گئے"۔ کچھ بولو بھی میں نے کہا۔ اور جب ہم لوگ گولر کے پیڑ اور مسجد سے کافی دور سڑک پر چلے آئے تو آفتاب نے کہا "مجھے تو بالکل یاد نہیں رہا تھا۔ اف۔!"

"مجھے بھی کچھ بتاؤ گے یا یوں ہی کہے جاؤ گے۔" میں نے جل کر کہا۔

"بھئی سنا تو رہا ہوں۔ سنو تو سہی" کسی زمانے میں یہاں مسجد کے آس پاس کچھ مسلمان کسان آباد تھے۔ انہیں کے دم سے یہ مسجد آباد تھی۔ وہی لوگ مسجد کے مولانا کو پیسے دیا کرتے تھے، لیکن جب ۱۹۴۷ء کا فساد ہوا تھا تو سنتے ہیں یہاں کے مسلمان کچھ مرے، کچھ مٹے اور کچھ جان بچا کر پاکستان بھاگ گئے لیکن بے چارے مولانا جب رات کو گہری نیند سو رہے تھے تو کسی ہندو نے انہیں سوتے میں قتل کر دیا۔ اسی دن سے سمجھو یہ مسجد اجڑ گئی، ویران ہو گئی۔" آفتاب کسی انجانے خوف سے کانپتا ہوا بولا۔ "اب اکثر ان مولانا کی روح مسجد میں بھٹکتی پھرتی ہے۔"

ابھی مجھے ہندوستان سے آئے ہوئے ایک طویل عرصہ نہیں گزرا۔ پاکستان آکر میں نے دیکھا کہ جو کچھ ہندوستان میں ہوتا ہے وہی یہاں بھی ہے۔ ہندوستان میں آج بھی مسلمان موجود ہیں اور پاکستان میں آج بھی ہندو بستے ہیں۔ علی گڑھ میں محمد علی روڈ ہے اور یہاں حیدرآباد میں تلک چاڑی روڈ آج بھی موجود ہے۔ محمد علی روڈ پر مسلمان محلہ آباد ہے اور تلک چاڑی روڈ پر ہیر آباد۔ ہیر آباد کے نیچے آتا رہے اور تمار سے ایک نئی بستی ہیر لج کالونی آباد ہے۔ ہیر آباد اور نئی بستی کے درمیان ایک قدیم مندر کھڑا ہے۔

میں روز ہی اوپر سے نیچے اور نیچے سے اوپر آتا جاتا ہوں جب پہلی بار میں نے یہ مندر دیکھا تو اچانک مجھے علی گڑھ سے دور ٹیلے کے پیچھے گولر کے درخت

کے نزدیک والی وہ ویران مسجد یاد آگئی، جہاں بچپن میں مَیں اور میرا دوست گولر کھاتے تھے۔ یادوں کے پھول کس قدر حسین ہوتے ہیں۔ آفتاب وقت کے دھارے میں بہہ کر جانے کدھر چلا گیا۔ لیکن اب میرا دوست دفتر کا ایک ساتھی ہے۔ ہم دونوں ساتھ ہی ساتھ دفتر آتے جاتے ہیں۔ یوں ہی جاتے جاتے ایک دن میرے دفتر کے ساتھی اختر نے کہا، "یہ جو مندر ہے نا جسے تم دیکھ رہے ہو؟"

"ہاں! ہاں! کس قدر قدیم مندر ہے۔" میں نے کہا۔

"رات کے وقت اس میں عجیب عجیب سی ڈراؤنی آوازیں گونجتی ہیں۔" ایک انجانے سے خوف سے میرا دوست کانپتے ہوئے بولا۔

"آوازیں؟" "کیسی آوازیں؟" میں نے حیرت سے پوچھا۔

"یہ بھی ایک داستان ہے۔ کہتے ہیں کہ ۱۹۴۷ء سے پہلے یہاں ہندو محلہ آباد تھا، یہ مندر ان ہی نے بنوایا تھا۔ اس مندر کے اندر ایک بوڑھا سادھو رہا کرتا تھا۔ جب ۱۹۴۷ء کے فسادات ہوئے تھے نہ جانے کس نے اس سادھو کو مندر میں قتل کر دیا تھا۔ جب ہی سے یہ مندر ویران ہو گیا۔ اب یہاں رات کے اندھیروں میں عجیب عجیب سی آوازیں سنائی دیتی ہیں۔"

کبھی کبھی سوتے سوتے، جاگتے جاگتے میں سوچتا ہوں؟ کیا مندر بھی کبھی اجڑ سکتا ہے؟ کیا کوئی مسجد بھی کبھی ویران ہو سکتی ہے؟ دور کہیں دور سے آواز آتی ہے جیسے میرا آپا دور کہیں بیٹھا مجھ سے کہہ رہا ہو۔ "نہ مندر اجڑ سکتا ہے اور نہ ہی مسجد، ہاں! کبھی کبھی یوں ہوتا ہے کہ انسان خود اجڑ جاتا ہے، خود مر جاتا ہے۔"

اور اس لمحہ مجھے کچھ یوں محسوس ہوتا ہے جیسے گولر کے پیڑ پر کسی لدھی

پدھی سی شاخ پر بیٹھا میں میٹھے میٹھے، لال لال، گول گول، موٹے موٹے گولر کھا رہا ہوں۔"

"—— ایک ایسے شہر کی کہانی جو" زندہ دلوں" کا
شہر کہلاتا ہے —— مگر جب وہ اپنے سینے کے زخموں
کو دیکھتا ہے تو اس کے آنسوں سے زمین تر ہو
جاتی ہے —— ہر شہر کے اپنے دکھ، اپنے غم اور
اپنی خوشیاں ہوتی ہیں۔ ——"

شہر کے آنسو

میں بہت پیاسا تھا۔ دراصل فنکار کی پیاس اس وقت پورے عروج پر ہوتی ہے۔ جب اس کا ذہن زنگ آلودہ ہو چکا ہو۔ اور کافی عرصے سے وہ کوئی نئی تخلیق نہ کر سکا ہو۔ میں کافی عرصہ سے کچھ بھی تو نہ لکھ سکا تھا۔ اور یوں میرا ذہن زنگ آلود ہو گیا۔ اور پھر یوں ہوا کہ میری تخلیقی پیاس اپنی پوری شدت سے چمک اٹھی۔

چاند نیلے شفاف آسمان کی نیلگوں بلندی پر بہکی بہکی چال چل رہا تھا۔ اور میرے قدم انجانی منزل کی طرف بڑھ رہے تھے۔ پھر اچانک میں نے محسوس کیا کہ میں شہر سے دور نکل آیا ہوں۔ تب میں نے گھوم کر شہر کی طرف دیکھا جہاں لاہور برقی قمقموں میں لپٹا ہوا پہلی رات کی دلہن کی طرح للچا رہا تھا۔

میں نے سگریٹ سلگا کر ایک گہرا کش کھینچا اور تھکا تھکا سا ایک کچی قبر کے پاس بیٹھ رہا۔

"مجھے ایک کہانی چاہیئے۔!" میں نے اپنے اندر بیٹھے ہوئے ادیب سے سرگوشی کی۔ "تمہیں کیسی کہانی چاہیئے۔؟" دور کہیں سے ایک آواز آئی!

سگریٹ کا ایک لمبا کش کھینچ کر میں نے سوچا۔ کیا۔ کیا میرے اندر کا ادیب روٹھ کر مجھ سے دور ہو گیا ہے؟ اور دور کہیں سے مجھ سے گویا

ہے ؟ تب میں نے پوری آواز سے کہا، " تم کون ہو - ؟کہاں ہو ؟"
"میں - میں تو بالکل تمہارے قریب ہی ہوں دوست - بالکل قریب تمہیں کیسی کہانی چاہیئے ؟"

خدارا یہ آواز کیسی ہے - یہ اس ویرانے میں کون پُراسرار طور پر مجھ سے مخاطب ہے - ؟ پھر میں گھبرا کر پوری جان سے چیخا - " تم کون ہو - ؟"

" گھبراؤ نہیں دوست، میں بوڑھا لاہور ہوں - جسے تم لوگ زندہ دلوں کا شہر کہتے ہو -" آواز بڑی مطمئن تھی -

میں نے کہا ، " تم لاہور ہو - زندہ دلاں لاہور - میں . میں اچھی طرح جانتا ہوں - تمہارے اندر زندگی ہے اور تمہارے دامن میں روز جانے کتنی رومان انگیز کہانیاں جنم لیتی ہیں - مجھے کوئی حسین سی کہانی سناؤ - ایک ایسی کہانی جو دھنک سے زیادہ حسین ہو اور جس میں پھولوں کی مہک ہو"

" آہ ! میرے نوجوان دوست !" تم ابھی تک محبت بھری داستاں کے متلاشی ہو - بھول جاؤ لیلیٰ مجنوں کے افسانے - فرہاد کو فراموش کردو ، ہیررانجھے کو اپنے ذہن سے جھٹک دو ، سسی پنوں کی داستان کو اپنے ذہن سے فراموش کر دو - اور - اور دنیا کے چہرے پر بہتے ہوئے اس خون کو غور سے دیکھو - جو دنیا کے ذہنی انتشار کی نشاندہی کرتا ہے - فلسطین کے ان بچوں کی چیخوں کو سنو جو ہنسنے کی بجائے بلک رہے ہیں ، ان ماؤں کی آہوں کو محسوس کرو جو اپنے شوہروں اور بچوں کو فوجی جوتوں تلے روندتے ہوئے دیکھ کر خون کے آنسو رو رہی ہیں - اور امن کی مریم ظلم کے جنگل میں اپنے آپ کو چھپانے کی ناکام کوشش کر رہی ہے -

میرے دوست! ان شہیدوں کو یاد کرو۔ جنہوں نے اپنی جانیں وطن پر قربان کر دیں۔ ان شہیدوں کو یاد کرو جنہوں نے وطن کی آزادی کے لیے پھانسی کے پھندوں کو چوم لیا تھا۔ اور موت کی دہلیز پر کھڑے ہو کر قہقہے لگائے تھے۔"

آواز جذباتی ہوگئی۔" ایک لمحے رکنے کے بعد وہ پھر بولا، اس کی آواز میں ایک نیا غرور پیدا ہو گیا۔!

"میں بوڑھا لاہور ہوں۔ میرے سینے پر تاریخ کے جانے کتنے گھوڑے سرپٹ دوڑتے رہے ہیں۔ میرے ذہن میں ہزاروں داستانیں محفوظ ہیں۔ لیکن ایک کہانی۔" ہاں اس کہانی نے ۱۹۴۷ء کی خونی کہانی سے زیادہ تاثر چھوڑا ہے۔ وہ کہانی دنیا کی بڑی کہانیوں میں بڑی کہانی ہے اور مجھے فخر ہے کہ اس کہانی نے میری گود ہی میں جنم لیا ہے۔"

ہاں تو تمہیں کہانی چاہیے۔ تو سنو!

" وہ ستمبر کی ایک خون رنگ رات تھی میرے سینے پر خون کی ہولی کھیلی جا رہی تھی۔ اور اس خون کی مہک نے سارے پاکستان کو منٹوں میں جھنجھوڑ کر جگا دیا تھا دشمن میرے سینے پر برابر گولے برسا رہا تھا اور میرے بیٹے اس کا جواب دے رہے تھے۔ وہ مطمئن تھے کیونکہ وہ حق کی لڑائی لڑ رہے تھے۔

اور اُس وقت میں نے دیکھا ایک نوجوان دولہا سہاگ رات کو اپنی دلہن کا مقدس بوسا لے کر دشمن کی للکار سن کر وطن کی حفاظت کے لیے دوڑا۔ ہر ماں کا بہادر بیٹا اپنے وطن کی لاج رکھنے کے لئے بڑھا اور اس وقت میں بہت جذباتی ہو گیا۔ جب ایک اسی سالہ بوڑھا لاٹھی لے کر غصہ کی حالت میں ہانپتا کانپتا ہوا دشمن کی طرف دوڑ پڑا یہاں تک کہ اس کا سانس پھول گیا۔ لاٹھی ہاتھ سے دور جا گری اور اس نے دم توڑ دیا۔ اف! کیسا منظر تھا وہ۔ وہ جذبہ کیسا تھا؟

میں نے دیکھا۔ میرے بہادر بیٹے اپنے سینوں سے بموں کو باندھ کر ٹینکوں کی طرف رینگ رہے ہیں۔ اف! اف مرحبا! مرحبا! وہ کیا جذبہ تھا اور پھر ایک دھماکہ ہوا۔ دشمن کے ٹینک بھسم ہوگئے، جل گئے اور میرے بہادر بیٹے؟ نہیں نہیں، وہ مرے نہیں۔ وہ آج بھی زندہ ہیں اور ہمیشہ زندہ رہیں گے۔ شہید مرا نہیں کرتے وہ امر رہتے ہیں ان لوگوں کے لیے آج بھی رونے کو بے تحاشا دل چاہتا ہے۔

اس وقت میرا سینہ فخر سے تنا ہوا تھا۔ اس وقت کوئی نہ پنجابی تھا، نہ بلوچی، نہ سندھی تھا نہ مہاجر تھا، بلکہ سب ایک آواز تھے۔ ایک ایسی آواز جو شدید ہوتی ہے اور غضبناک بھی اس وقت میں کتنا خوش تھا۔ میں نے سوچا تھا کہ کاش میرے بیٹے یوں ہی رہیں اور ان کی ایک آواز پاکستان بھر میں ہی نہیں بلکہ دنیا بھر میں یوں ہی سدا سلامت رہے!

میرے نوجوان دوست! تمہیں کہانی ہی لکھنی ہے تو ان مظلوم عورتوں کی کہانی لکھو۔ جو مجبوراً عصمت کے بازار کی دکان پر سجا دی جاتی ہیں اور چند سکوں کی خاطر اپنا جسم بیچنے پر مجبور کی جاتی ہیں، ان مجبور لڑکیوں کی کہانی لکھو۔ جنہیں تہذیب اور ثقافت کے کپڑے پہنا کر اپنے عریاں جسموں کی نمائش کرنے پر مجبور کیا جاتا ہے اور رات ہوتے ہی چند روپوں کے لیے کسی رئیس زادے کے پہلو میں لٹا دیا جاتا ہے، ان مظلوم اور معصوم بچوں کی کہانی لکھو جو ظالموں کے ہاتھوں پڑ کر اپاہج کر دیے جاتے ہیں اور مال روڈ، بندر روڈ اور تلک چاڑی پر در در بھیک مانگتے ہیں۔ اور چند سوکھے نوالے کھا کر سو جاتے ہیں۔ اف۔ اُف۔ میرے خدا۔ یہ کیسا وقت آگیا ہے۔ بھائی بھائی کے خون کا پیاسا ہے۔ میرے خدا زمانے کو کیا ہوتا جا رہا ہے۔

سچ کہتا ہوں۔ جب کبھی میری نگاہ اپنے سینے کے زخموں پر پڑتی ہے تو میرا سینہ اور بھی فخر سے تن جاتا ہے۔ کیونکہ یہ زخم بہترین دور کی عکاسی کرتے ہیں لیکن جب میں راوی کے آئینہ میں اپنی شکل دیکھتا ہوں۔ جس پر میرے بیٹوں نے حسد، نفرت، عیاشی اور برائیوں کے گہرے زخم ڈال دیے ہیں۔ تو میرے آنسو نکل پڑتے ہیں۔ میں بے تحاشا رونے لگتا ہوں اور میرا سر ڈھلک جاتا ہے اُف!" یہ کہہ کر بوڑھا لاہور خاموش ہو گیا۔!

تب اچانک میں نے محسوس کیا ہے۔ میرے کپڑے اچانک گیلے ہو گئے ہوں۔ اور بدن کانپ رہا ہو۔

بارش ہو رہی تھی۔ اور چاند گہرے بادلوں کے مہیب اندھیروں میں گم تھا۔

میں نے سوچا۔ کیا وقت کے آئینہ میں زندہ دلان لاہور نے اپنے چہرے کی جھلک پھر دیکھ لی؟

شاید۔ شاید۔ پھر میں نے کہا۔" اے زندہ دلان لاہور! مہر نگارو، اے روشنیوں کے حسین شہر۔ اے شہر لاہور تو مایوس نہ ہو۔ کیونکہ مایوسی موت کا دوسرا نام ہے۔!"

اور جب میں واپس لوٹ رہا تھا۔ تو مال روڈ۔ شہر کے آنسوؤں سے تر ہو چکی تھی۔! اور میری تخلیقی پیاس بھی بجھ چکی تھی۔

”۔۔۔ بعض زخم نہ دکھائی دیتے ہوئے بھی کتنے گہرے اور کتنے گھنے ہوتے ہیں ۔ ایسے ہی زخم خوردہ قلمکار کی کہانی جو گناہ کی دلدل میں پھنستا چلا گیا ۔۔۔“

پہلا گناہ

یہ کیسی عجیب بات تھی کہ وہ ایک عورت کے دیئے ہوئے زخم پر دوسری عورت سے مرہم کا پھایا رکھنے کی توقع کر رہا تھا (بعض زخم زد دکھائی دیتے ہوئے بھی کتنے گہرے اور کتنے گھنے ہوتے ہیں۔)

چلتے چلتے اس کے ذہن میں نینا کی تصویر ابھری، اونچی سوسائٹی کی الہڑ سی کالج گرل جو فلم دیکھ دیکھ کر پروان چڑھی تھی اور جو فطری طور پر رومان پسند تھی، چودھویں رات کا چاند سمندر کے سینے پر مچلتی ہوئی کشتیاں اور کسی بڑے ہوٹل کے ٹیرس پر بچھی ہوئی کرسیوں اور کرسیوں کے اوپر لگی ہوئی رنگین چھتریوں کے تلے بیٹھ کر رومانس پرور موسیقی کی دھنوں میں گم ہو کر اسے کافی سپ کرنا بے انتہا پسند تھا۔ (اور یہ سب کتنا رومانٹک تھا)

لیکن واسطی کی محبت سطحی نہ تھی، اس نے نینا کو محبوبہ بنا کر نہیں چاہا تھا بلکہ اس نے نینا کو ہمیشہ اپنی ہونے والی بیوی کے روپ میں دیکھا تھا جس سے ایک شاندار گھر کی بنیادیں پڑتی ہیں، اور اس کے ذہن میں ایک بڑے پیارے سے گھر کا نقشہ بسا ہوا تھا۔ جہاں نینا تھی، اس کے بچے تھے اور وہ خود تھا اور اس کے چاروں طرف خوشیاں ہی خوشیاں بکھری پڑی تھیں۔

اور اس کا یہ اعتماد کتنا پختہ تھا کہ نینا اس کی ہے صرف اس کی (بعض اعتماد بے انتہا پختہ ہوتے ہوئے بھی جانے کیوں آن کی آن میں لمحوں کی گرفت سے پھسل پھسل جاتے ہیں؟)

اس کا جرنلزم کا کیریئر کتنا شاندار تھا (کیا کیا جائے ایسے پیپرز کا جو نام کے سوائے گاڑی اور بنگلہ نہ دے سکے) اور نینا کو بھی وہ اس اخبار کی طرح چاہتا تھا جس نے اسے عزت بخشی تھی اور نام دیا تھا اور جس سے مستقبل میں اسکی بلنے کتنی امیدیں وابستہ تھیں ۔ (بعض لوگ عورت کو شام کا اخبار سمجھ کر پڑھتے ہیں، کیا ایسے ہی لوگ فائدے میں رہتے ہیں ؟)

" نینا !" کتنا پیارا سانام ہے ۔ نینا ! (کاش تم نینا ہوتیں، خود غرض نہ ہوتیں) ۔ جب پانچ سال کی سخت جدوجہد کے بعد بھی وہ اس قابل نہ ہو سکا کہ کم ازکم ایک سیکنڈ ہینڈ کار اور سیکنڈ ہینڈ بنگلہ خرید سکے تو اچانک نینا اس سے دور ہونے لگی ۔ ایسے مرد میں بھلا کیا کشش ہوسکتی ہے جس کی جیبیں خالی ہوں ۔ پہلے اس نے اس کے جرنلزم کے کیریر کا مذاق اڑایا اور پھر وہ اسے بالکل ناکارہ سمجھ کر اس سے دور ہونے لگی، بالکل اس طرح جیسے عرشہ سے کوئی جہاز لنگر اٹھاکر آہستہ آہستہ سمندر کے سینے کی طرف بڑھنے لگتا ہو ۔ اور جب اس نے محسوس کیا کہ نینا اس کے جتنی قریب تھی اتنی ہی دور جانا چاہتی ہے تو وہ لرز لرز گیا اور ایک دن اس نے نینا سے کہا "نینا ! تم مجھے کس بات کی اتنی بڑی سزا دے رہی ہو ۔؟"

"میں آپ کو کیوں سزا دینے لگی ؟"

" انجان بننے کی کوشش نہ کرو نینا ۔ پہلے تم نے مجھے حسین خواب دکھائے اور اب ان خوابوں کو خود ہی زخمی کرنے پر کیوں تلی ہوئی ہو ؟

" آپ کو سخت قسم کی غلط فہمی ہوئی ہے واسطی بھائی ۔ میں نے آپ کو کوئی خواب نہیں دکھایا ۔" (اور اس لمحہ اس کا دل چاہا کہ وہ نینا کے منہ پر طمانچہ مار کر پوچھے کہ وہ خواب نہیں تھے تو پھر کیا تھا۔؟)

پھر وہ بڑے بھولپن سے بولی، "ہاں! اگر آپ کا کیریئر اچھا ہوتا تو میں ضرور آپ کے بارے میں سوچتی۔"

(کیریئر، کیریئر! اس کا دل چاہا کہ وہ اپنا سر پھوڑ لے اور پھوٹ پھوٹ کر رو دے۔)

اس نے سب کچھ اس طرح سنا جیسے کچھ سنا ہی نہ ہو۔ اور ان لمحوں وہ اس طرح کھڑا رہا۔ جیسے وہ کھڑا نہ ہو۔ اچانک باہر سے کار کے ہارن کی آواز آئی۔ ہارن کی آواز پر نینا بچوں کی طرح اچھلاتی ہوئی گیٹ تک گئی، پھر اونچی آواز میں بولی، "ممی! میں پکچر جا رہی ہوں۔"

ممی نے اس کی آواز سنی یا نہیں البتہ نینا کی آواز اس تک ضرور پہنچ گئی۔ اور اس لمحے اس نے نہ چاہتے ہوئے بھی کھڑکی سے پردہ ہٹا کر جھانکا۔ سرخ رنگ کی سوکس ہنڈا میں ایک صحتمند نوجوان بیٹھا نینا کو تک رہا تھا اور نینا اس کے برابر والی سیٹ پر بیٹھی آئینہ میں اپنے ہونٹوں پر پنک شیڈ کی لپ اسٹک پھیر رہی تھیں۔ اور دوسرے لمحہ ایک جھٹکے کے ساتھ گاڑی اس کی آنکھوں سے اوجھل ہو گئی۔ کھڑکی کا پردہ خود بخود اس کے ہاتھ سے چھوٹ گیا۔ اور وہ کافی دیر تک یوں ہی خلاء میں تکتا رہا۔

نینا کی ممی نے آ کر اسے بٹھایا پھر انہوں نے مسکرا کر اسے کافی بنا کر دی دہائے ممی! تم بھی کتنی ظالم ہو، میں مر گیا ہوں اور تم مسکرا کر کافی پیش کر رہی ہو۔،

وہ نہ چاہتے ہوئے بھی صوفے پر ڈھیلا ہو کر گر پڑا۔ ممی نے چلتے چلتے ایک وار اور کیا، "بیگم امجد اپنے لڑکے کا پیغام لے کر کل آ رہی ہیں کرنل صاحب کے چھ بنگلے ہیں اور تین مل۔ اور بھئی وہ لوگ خاندانی رئیس ہیں بکل

تمہیں تو کچھ کام نہ ہوگا اس موقع پر تم بھی موجود ہو تو اچھا ہو۔"

(مکار بڑھیا! تم کتنی شریر اور انجان بن رہی ہو۔ کاش میں تمہارا گلا دبا سکتا۔)

"کرنل امجد علی کا لڑکا۔ جنید!" وہ نہ چاہتے ہوئے بھی کہہ گیا، خالہ امی! امجد صاحب تو بڑے اچھے انسان ہیں مگر جنید انتہائی شرابی اور جواری قسم کا لڑکا ہے۔"

"جس کو خدا پیسہ دیتا ہے بیٹا! وہ سب کچھ کرتا ہے۔ اور شادی کے بعد سب ٹھیک ہو جاتے ہیں، ہاں! نینا بھی تو اسے پسند کرتی ہے۔" (غریب کچھ نہ کرتے ہوئے بھی عیاش کہلاتا ہے اور امیر سب کچھ کرتے ہوئے بھی شریف کہلاتا ہے، اور کیا نئی نسل کی سب لڑکیاں شرافت سے زیادہ دولت پر جان دیتی ہیں؟) "آپ کہیں تو انگیجمنٹ کی نیوز اخبار میں لگا دوں۔؟

(اور اس لمحے ممی دل ہی دل میں بولیں، "بڑے سیانے ہو بیٹا کہیں خبر ہی خبر میں نینا کی تشہیر نہ کر ڈالنا۔")

"ابھی اس کی ضرورت نہیں، شادی کے موقع پر تو یہ تمہارا فرض ہوگا!"

(نینا کی تصویر کے ساتھ اپنی نعش کی تصویر بھی چھاپنا۔)

اور کچھ دنوں بعد نینا اس کی ہوتی ہوئی بھی کسی اور کی ہوگئی۔ اور آج کے اخبار میں نینا اور اس کے شوہر کی تصویر شائع ہوئی تھی۔ نینا دلہن کے روپ میں اس طرح اپنے شوہر کے ساتھ بیٹھی تھی۔ جیسے اس سے پہلے اس نے کسی مرد کو دیکھا تک نہ تھا۔

(اف یہ لڑکیاں کتنی کامیاب ایکٹرس ہوتی ہیں۔)

اس نے تصویر کو ایک بار پھر دیکھا اور اس کے زخم یکایک ہرے ہوگئے۔

اور اب وہ میکانوی انداز میں اپنے وجود کو ایک عورت کے وجود میں جذب کر دینا چاہتا تھا۔ شاید اس طرح شکست کی آواز کچھ دیر کے لیے تھم جائے لیکن کیا عورت کے دیے ہوئے زخموں پر دوسری عورت مرہم کا پھایا رکھ سکتی ہے؟

(یہ آوازیں کہاں سے اٹھ رہی ہیں۔؟)

اور اب وہ اس بازار میں جا پہنچا تھا جہاں عورت، عورت نہیں رہتی، بلکہ محض گوشت کا لوتھڑا بن جاتی ہے۔ (لیکن وہاں عورتیں، عورتیں ہی تھیں اور پائلیوں کی جھنکاریں۔ اور مرد جو صرف ایک گاہک ہے۔)

انتقام کی آگ اور جنسی بھوک بہت تیز دھک رہی تھی، پھر بھی عورت کی پرکھ ابھی باقی تھی۔ اس کے ہاتھ گرمی کے دنوں میں بھی شل ہو گئے اور ذہن مفلوج سا، چال نشہ آور، چار بار وہ دروازے پر کھڑی لڑکی کے گرد منڈلایا۔ اور چوتھی بار کمرے میں گھس کر ہانپنے لگا۔ یہ اس کا پہلا گناہ تھا۔ اور زندگی کی پہلی لغزش (پہلے پہل شاید یوں ہی ہوتا ہے)

"تمہارا نام کیا ہے؟" اپنے سانس پر قابو پاتے ہوئے اس نے لڑکی سے پوچھا۔ "جمیلہ!" لڑکی منمنائی۔

"جمیلہ!" یکایک اخبار کا رپورٹر اس کے اندر جاگ اٹھا۔

(ایک یہ جمیلہ ہے جو جنس کا کاروبار کرتی ہے اور ایک وہ جمیلہ تھی جس نے الجزائر میں ایک مسلمان ہیروئن کا رول ادا کیا تھا۔)

(یہ دنیا ہے پیارے! اور یہاں پر بے انتہا لوگ ایک ہی نام سے پکارے جاتے ہیں، لیکن ان کے کردار ایک دوسرے سے بالکل مختلف ہوتے ہیں۔) اور جمیلہ کا معصوم سا چہرہ دیکھ کر نہ جانے کیوں اس کا دل چاہا

کہ وہ نینا اور اپنے بارے میں سب کچھ اسے بتادے۔ لیکن وہ سنبھل گیا اور بولا، "جمیلہ! تم کتنی اچھی ہو۔ کیا۔ کیا تم مجھ سے شادی نہیں کرسکتیں؟" جمیلہ نے ایک لمحے کے لیے مسکرا کر اس کی جانب اس طرح دیکھا، جیسے کہہ رہی ہو۔ "تم بھی مجھے پاگل بنانے آئے ہو۔ یہاں رات کے اندھیروں میں آنے والا ہر مرد یوں ہی کہتا ہے اور جب وہ واپس جانے لگتا ہے تو سب کچھ بھول جاتا ہے اور انجان بن جاتا ہے۔"

اپنی طرف جمیلہ کو اس طرح دیکھتے ہوئے وہ پھر بولا "بتاؤ جمیلہ! کیا ایسا نہیں ہوسکتا؟" "نہیں!" وہ قطعیت سے بولی۔ اور اس لمحے وہ جذباتی ہوگیا، "آخر کیوں نہیں، کیوں نہیں، کیوں نہیں؟؟؟"

"اس لیے کہ میں مجبور ہوں۔" وہ بڑے اطمینان سے بولی۔

"کس نے تمہیں مجبور کیا ہے؟"

"دل نے! جمیلہ بولی، میں اپنے کالے مرد سے محبت کرتی ہوں اور تمہیں دھوکہ نہیں دے سکتی۔ اب تم ہی بتاؤ میں کیا کروں؟"

(کون کہتا ہے کہ طوائف مکار ہوتی ہے؟) پھر سب کچھ بھول کر جمیلہ بولی، "کیا دروازہ بند کردوں؟"

"نہیں!" یہ کہہ کر اس نے جیب سے روپے نکال کر اس کی طرف بڑھا دیے۔ اور دوسرے لمحے وہ تیزی سے دروازہ پھلانگ گیا۔

اور جب وہ کافی دور سڑک پر نکل آیا تو اچانک اسے احساس ہوا کہ وہ اخبار جس میں نینا کی تصویر چھپی تھی وہ جمیلہ کے گھر ہی بھول آیا تھا۔ "نینا اور جمیلہ! جمیلہ اور نینا" اچانک اس کے ذہن میں دو عورتوں کی تصویریں ابھریں اور خلط ملط ہوگئیں۔ اور پھر ان دونوں تصویروں کے

گڈمڈ ہونے سے جو تصویر ابھری وہ ایک عورت کی تصویر تھی - جو طوائف ہو کر بھی عورت ہی تھی - جو خود غرض نہیں تھی، دھوکہ باز نہیں تھی اور نہ ہی حسین فلرٹ بلکہ محض ایک عورت!!